※このイラストはイメージです。
本文の内容とは関係ありません。

CONTENTS

新・星をひとつ貰っちゃったので、なんとかやってみる

1

茂木 鈴

新・星をひとつ貰っちゃったので、なんとかやってみる 1
おもなキャラクター紹介
ヤギ商人《エフディエリット・メイスン》
見た目がヤギなので、稔がヤギ商人と呼んでいる。宇宙中を股にかけて商売をしており、見た目によらず商売能力が高い。稔に星を与えた張本人。
矢羽根稔《ヤバネ・ミノル》
株式会社惑星チャンス移住局・代表取締役。仲間内には副リーダーと呼ばれており、『最強の運』を持っている。星の守護者の指輪（マスターリング）の持ち主。
阿賀野冴《アガノ・サエ》
株式会社惑星チャンス移住局・取締役。通称・リーダー。獣化できる特異体質で、重火器の金属や火薬のにおいを嗅ぎわけることが出来る鼻を持つ、ラノベ好きな武闘派の破壊者。

プロカメ《ダヴィエフン・ロウグディエ》
通称のプロカメという名は、稔がプロフェッサー・カメから名づけた。調査を得意とする種族のひとり。見た目は地球におけるカメ。思考状態に入ると、死んだように動かなくなってしまう。
高天原ミヤ《タカマガハラ・ミヤ》
株式会社惑星チャンス移住局・取締役。古代遺跡の専門家。また、その場にいる他人の意思など、隠していることを瞬時に理解することが出来る。
津村志乃《ツムラ・シノ》
株式会社惑星チャンス移住局・取締役。以前は世界中に支社のあるデザイン会社社長も勤めており、人の感情を操る図面を描くことが出来る。洋服・建築物・書籍など、デザインのジャンルは多岐にわたっている。
久遠寺龍彦《クオンジ・タツヒコ》
株式会社惑星チャンス移住局・取締役。鬼才の芸術家。見ると感動のあまり涙を流し続けてしまう石像や、突発性健忘症にかかってしまう石像など、人間の行動を操る芸術品を造ることが出来る。

イラスト：珂弐之ニカ

◆これまでのお話

俺こと矢羽根稔《やばねみのる》は大学四年生の冬、東京で就職活動にすべて失敗して田舎に戻った。

これまで『運のよさ』だけで生きてきた俺としては、青天の霹靂《へきれき》の出来事だった。

「畑を一枚貸すから、それで生活してみろ」

親父は失意の俺にそう言った。

雪がまだ残る二月の夜。俺は軽トラでその畑に行ったところ、畑の真ん中に宇宙船が突き刺さっているのを発見した。こんなこと、だれが想像できるだろうか。

宇宙船に乗っていたのは、外見がヤギそっくりの宇宙人。俺はヤギ商人と名付けた。

「そのペンダントはもしかして……」

ヤギ商人は、俺のペンダントに填まっている石を見て驚いた。

昔俺が拾った石は『分水嶺《ぶんすいれい》の理《ことわり》』という宇宙でも大変珍しいもので、ヤギ商人はそれを探しにはるばるここまで来たのだという。

「そのペンダントをいただければ、代わりにこの中からお好きなものをどうぞ」

リストには惑星をぶっ壊す兵器や、それから守る盾など、物騒なものが多かった。

「……この指輪は？」

「これは守護者の指輪と申しまして、星の余剰エネルギーを指輪に溜めて、持ち主が自由に使えるようにしたものです。これにしますか？」

もちろん頷いた。というか、星を砕く兵器なんて欲しくない。

こうして指輪と一緒に星をひとつ貰うことになったが、星なんて使いいいいいきれない。

仕方なく俺は、大学時代の悪友に【緊急《オーダー》】を出した。

俺たち同期五人はどんなときだろうと、【緊急《オーダー》】が出たら、何をおいてもかけつけ、問題解決まで手伝わなければならない。そう約束しあっていた。

「まさか……これ程とは」

星をみて絶句するのはリーダーこと阿賀野冴《あがのさえ》、津村志乃《つむらしの》、そして久遠寺龍彦《くおんじたつひこ》の三人。

これに遅れて参加した高天原《たかまがはら》ミヤを入れた総勢五名で、星の運営をすることに決めた。

だが俺が貰ったこの惑星チャンスには、重大が秘密が隠されていた。

正体不明の遺跡とそこに残された謎を解くために、ヤギ商人の知り合いであるプロカメさん（俺命名）を呼び寄せ、研究してもらった。

プロカメさんの活躍により解明された謎を追う内に大変なことが分かってきた。

「これはジーン族という生体転移陣を使う一族の遺跡で、このことが表に出ると星ごと狙われる可能性がある」

王冠《スイートクラウン》を戴く種族との邂逅により判明した事実。

それはジーン族ならば、宇宙最凶の種族ミグゥ・ディブロ族の元へたどりつけるという事実だった。

ブラックホール星系を周回することで限りなく光速に近い速度を出していたジーン族の宇宙船は、およそ二万年ぶりにその姿を現した。

俺たちはジーン族の生体転移陣を使って、ミグゥ・ディブロ族の本拠地へ赴く。

彼らは王冠《スイートクラウン》を戴く種族の狂った老体を使い、宇宙を破壊しようとしていた。

ギリギリの所で宇宙崩壊を回避し、やってきた宇宙戦艦によってミグゥ・ディブロ族も消滅。

宇宙に平和が訪れた。


その頃地球では、俺たち五人で『惑星チャンス移住局』という名の会社を作り、日本に隠れ住む赫《かく》鬼族や蒼《そう》鬼族という鬼人たちを仲間に加えることに成功していた。

移住局の活動は順調に進み、新しい社員を加えて本格的に見学会を開始する準備を整えた。

惑星の情報を小出しにし、人々の興味を煽ってから星の見学会を実施したところ、世間の反応は予想以上、まさに劇的だった。

俺の畑から転移門《てんいもん》を使って別の星へ行ける。そのインパクトは世界中を驚愕させるに充分だったのだ。

一般人の見学を進める傍ら、俺たちはレンタルとして宇宙へ赴いて問題を解決し、代金代わりにオーバーテクノロジーの品物を貰って惑星を改造したり、他の種族を惑星チャンスに移住させたりした。

いま惑星チャンスは、多くの宇宙人と地球からの見学者で賑わいを見せていた。

そんな状況を見て、米国が動き出した。戦後、日本を捨てて米国に渡った黒鬼族の襲来である。

俺たちが住む家を襲撃した黒鬼族も、ヤギ商人から買った防犯装置の前には撤退するしかなかったようだ。

俺たちは彼らを追って米国に飛び、敵対していた黒鬼族の里を襲撃。彼らを屈服させ、仲間に引き入れることに成功した。

だが、事態はさらに大事になっていった。

ついに米国だけでなく、国連までもが動き出したのだ。

国連は声明を発表し、転移門を人類の共有財産にすると宣言したのだ。

俺たちはこれまで通り国連の発表を無視し、沈黙を貫いた。

世界の情勢は刻々と変わる。

国連主導のもと多国籍軍が結成され、軍艦が日本近海にまで押し寄せる事態になった。

多国籍軍は本土上陸を果たす前に自滅し、ひとまずの危機は去った。

だが、その裏ではまったく別の陰謀が進行していた。

——人類は地球にとって有害である。


そう信じる集団が、移住局の面々を狙っていたのだ。

彼らは有史以前から存在し、集団の中に溶け込み、何もなければ善良な一般市民としてその生を終える。

ひとたび大きな歴史的変動があったとき、彼らはその真の姿を現す。

歴史上、彼らに滅ぼされた国は多い。

米国でさえ、何度となく危機に直面していたのだ。

国連職員に返り咲いたギルバムもまた彼らの一員だった。

ギルバムは俺の兄である矢羽根豊作《ほうさく》を使い、俺との直接対話にもちこんだ。

ギルバムは転移門とその先にある星の管理を渡すよう迫る。

断る俺に対して銃による恫喝。それが叶わぬとみると、地球上にいる同胞に呼びかけるという最後の手段に出た。

それらすべてが録画され、ギルバムの野望は潰えた。俺たちの完全勝利である。

国連の首長が解任され、さらにギルバムが失脚したことで、移住局の地球における障害はほぼなくなった。

今は『宇宙で三年間学ぶ』という長期滞在者たちのバックアップがメインの仕事となる。

彼らとともに宇宙に目を向けていく時代が到来したのだ。

宇宙は広く、また深い。

学ぶべきことは多いが、成し得るには三年間はあまりに少ない。

それでも人類の中から選ばれた十万人は、惑星チャンスを起点として大宇宙へと羽ばたいていった。

……とまあ、回想してみたりする。

第一章　謎の爆発と地震

地球から惑星チャンスへやってきたのは十万人。

彼らを受け入れて、はや一ヶ月が経った。

移住当初は、いくつかの混乱が起きた。

ある程度は予想し、対策を考えていたが、やはりというか、予想しきれないところでいろんな問題が生じた。

たとえば、移住者全員に言語理解のリボンを装着してもらったが、得体の知れないものを脳内にインストールしたくないと、嫌がった者もいた。そういう人にはしっかりと説明して了解してもらったが、中にはこっそり捨ててしまう人がでた。

もちろんその場合は、他種族の言語を理解できないわけで、あとで困ることになる。知らない場所で、迷子になったりして、保護するのにも一苦労だ。

持病がある人は、惑星チャンスに住む宇宙人の医師にかかり、新たに薬を処方してもらった。やはり、その薬を不安に思う人が出た。とくに複数の薬を一度に十錠以上飲んでいた人などは顕著で、「こんな少量で治るわけがない」と医師に詰め寄った。

普段から飲んでいるのは病気の進行を止める薬、症状を抑える薬、その副作用を和らげる薬、その副作用を和らげる薬の副作用を和らげる薬などだったりする。目的用途にあわせて何種類も飲むのが習慣になっている人に、「これ一粒で大丈夫」と伝えても信用されなかった。

十万人もいれば、多種多様な考え方の人が集まるわけで、十全に対応できるわけもないし、取りこぼしも出てくる。

彼らの居住区も、地球にある住居とはかなり違うため、生活に慣れる必要があった。

一時滞在に使った日本のリゾートホテルとかではなく、自活してもらうことが前提なので、住居はプレハブに近い。といっても、日本人がイメージするプレハブとは程遠く、映画に出てくるような、近未来型の建物のようになっている。

勝手が違うのは、電源の類であろうか。電柱どころか、送電線も一切ない。エネルギーはすべて、家の設備として内蔵されていると伝えても、やはり信じられないらしい。コンセントやコードを探す人が相次いだが、家電も独立して動くので、外部から電力を引っ張ってくる必要がないと伝えなければならなかった。

こういうのは、長期滞在を考えれば、普通に出てくる問題なのかもしれない。

むかし、電気炊飯器を売りだした家電メーカーで苦情が多かったのが、炊飯器の底が溶けるというものだったらしい。説明書に書いてあるとおりにした後、念のため火にかける人が続出したのだ。

人は、なかなか従来の生活パターンを変えられないのかもしれない。

惑星チャンスに移住を決めた人の数は、実はそれほど多くない。全体の三割ほどである。

残りの七割は他の星へ赴いていった。そのうちのほとんどの人は職に就くか、働きながら学ぶかしている。

だが、それらのどれにも属さない者もいる。いわゆる、宇宙に進出したニートたちだ。

彼らの生活費はどこから出るのか。もちろんどこからもでない。

地球のお金をいくら持ってきても宇宙ではまったく意味がないので、通商圏のクレジットを手に入れない限り、生活することはできない。これは自己責任なので、仕事の斡旋はするが、無償の援助はしない。一応ヤギ商人がクレジットを貸しつけてくれている。

「しっかり回収しますので、大丈夫ですよ」

ヤギ商人は人の悪い笑みを浮かべた。いや、ヤギの悪いだろうか。俺は取り交わした契約書を見ていないが、ヤギ商人のことだ、取りはぐれることはないだろう。ヤギ商人というより、闇商人だな。

惑星チャンスに残った三万人だが、彼らの居住区は、宇宙人たちとは別に作られている。住み込みで働く人もいるので、居住区にはいまも多くの空きがある。

地球人どうしが集まって住むには理由があって、日々の生活の中でたえず宇宙人と交流すると、思わぬストレスを受けるからである。

生活習慣がまったく違うのもあるが、やはり見た目に慣れるのは重要だ。

実は申し込み時にとったアンケートに仕掛けがあった。巧妙に隠された設問項目の中で、宇宙人に対する心理的抵抗感があると判断された人は、そのような過剰な接触をしないよう配慮されていたりする。

逆に最初から宇宙人と一緒に暮らしている者もいる。個々で師弟関係を結んだり、新しい知識を得るために宇宙人宅に住み込みで身の回りの世話をしつつ、講義を受ける生徒となった者たちである。

他にも、当初は惑星チャンスで学ぶことを希望していたが、しばらく住むうちに未知なる宇宙へ、強い関心を寄せて、そのまま外宇宙へ旅立っていった者もいた。

自ら奉公先を探し、行商人に見習いとして採用されて、意気揚々と惑星チャンスを出て行ったのだ。

そのような人々はそれほど多くはないものの、一定数存在している。

彼らは少なくとも数ヶ月、ことによったら一年以上は帰ってこないかもしれない。


俺は居住区に足を運んだ。すると向こうから人が歩いてきた。

早朝であり、人々が起き出してくるにはまだ早い。

「こんにちは。今日も早いですね」

俺はやってくる彼女に挨拶をした。彼女の名前は、チャンドラシー・フェリットさん。

警察組織のない惑星チャンスで、自警団の一員として活動してもらっている。

「これは稔《みのる》様、いつもお世話になっております」

チャンドラシーさんは俺に丁寧な挨拶を返してくる。言葉どころか、わざわざこちらに向き直り、しっかりと日本式の礼をとってくる。つまり、両手の中指を太ももの中心にあわせ、直立不動から腰を曲げて深々と礼をするのだ。

そこまでかしこまられると、ちょっと困る。

「えっと、どうか普通に接してください」

「いえ、さすがにそれは出来かねます。星の守護者様は、私どもからすれば神様と同義でございますれば」

居たたまれない気持ちにさせてくれるこのチャンドラシーさんは、地球出身ではない。ルオ族の出身で、宇宙人である。身体部分は人と変わらないが、頭部だけは昆虫に似ている。目なんかも複眼で、視神経がつながってなくても見えるらしい。

他の自警団の人に複眼をくっつけると、その目を通して見ることができるのだという。ひとり防犯管理センターみたいな人だ。

種族間戦争に負けて、宇宙船ごと漂流していたところをこのまえ保護した。

宇宙の摂理というか、自浄作用というか、種族同士の抗争や戦争には、他の種族は介入をしない取り決めがある。

まあ、どちらか一方に肩入れして代理戦争を起こすと、多くの種族を巻き込む大戦に発展する可能性もあるし、しょうがないのだろう。

代わりに人道援助や、食糧援助などは、どんどんして構わないらしい。

ヤギ商人なんかは、いろんな星に資本を投下しているのだとか。

ルオ族は、惑星チャンスが交易惑星でもないのに多くの種族がいることに驚き、さらにここが星の守護者によって守られていることを知って、さらに驚いていた。

俺は生き残ったルオ族すべてを受け入れる代わりに、今度やってくる地球人たちに様々な技術を教えたり、惑星運営に協力してもらうことにした。

いま惑星チャンスにいるルオ族は二百万人ほど。宇宙のあちこちに、その十倍のルオ族がいまだ漂流しているらしい。彼らすべてを受け入れても惑星チャンスには余裕がある。そもそもこの惑星は、まだほとんど手つかずの状態なのだ。

そのため、チャンドラシーさんは宇宙に散った仲間を呼び寄せている途中であるが、そんな経緯があったため、俺を神様扱いするルオ族が後を絶たない。困ったものだ。

「一ヶ月経ちましたけど、町の様子はどうですか？」

「早朝を除けば、みなさん活動時間が幅広いですね。その分、諍《いさか》いも日中や夜間問わず発生しております。ですが、ここのところ落ち着いてきたようで、減ってきました」

移住が開始された直後は、意欲が空まわりして他人と衝突したり、世界中から集まったために生活様式の違いから不満が噴出したりと、移住者どうしで、小さな衝突が結構な頻度で起き

ていた。

その度に赫鬼族《かくきぞく》やルオ族の人たちが出張ってくれている。

ルオ族は身体能力が高く、特殊な技能を持っているため、自警団のような活動に向いていると思う。

チャンドラシーさんもまた真摯《しんし》に、こうして早朝から見回りをしてくれているのだ。頭がさがる思いである。頭を下げられるのは、いつも俺の方なのだが。

「昨日は近くの岩場で大きな爆発があったって聞いたけど、あれはどうなったの？」

「あれは居住者が起こした人為的な爆発でした。エネルギー供給装置を分解していろいろいじっているうちに、回路がオーバーフローを起こしたようです」

「……安全装置もあっただろうに」

「仕組みを知るためにわざと解除したと言っていました。一箇所に集まったエネルギーが行き場を失ってどうしようもなくなったために、本人はそれを置いて逃げたようです」

「また滅茶苦茶やったね。その人はどうなったの？」

「本人は逃げたため無傷で確保できました。この後は、一定期間奉仕活動が課せられます」

「そうか、迷惑かけるけど、頼むね」

「誠心誠意がんばります。それでは職務がありますので私はこれで」

チャンドラシーさんは、ビシィっと敬礼すると巡回に戻った。

「そういえば、あのひとは軍人さんだったっけ」

　生き残ったルオ族の多くは民間人であり、チャンドラシーさんのような軍人は少なかった。軍人が少ないのは、最後まで職務を全うした証左だろう。

　そういえば、惑星チャンスには統一された法がない。ないというより、今のところ作るつもりがないというのが正しい。

　各種族の生活区で罪を犯した場合は、その種族の法によって裁かれ、それ以外の場所で罪を犯した場合は、一定期間の奉仕活動を課すという形で落ち着いている。

　手に負えなくなったら、地球に戻してしまうことを考えているが、そこまでいく人はいないんじゃないかと考えている。希望的観測だろうか。

「……爆発の原因も分かったし、俺は帰るとするか」

　昨日の夕方の爆発は、俺がいま調べている案件と関係なかったようだ。

「……なら数日前に森であったあの爆発音と地震は、一体なんだったんだ？」


　俺はプロカメさんのところへ跳んだ。ここでは考古学に興味のある移住者たちが、一段高いところにいるカメさんの話を熱心に聞いている。プロカメさんの一斉授業だ。

　彼らは、金魚鉢型宇宙船のまわりに居住スペースを確保し、カメさんたちと一緒に生活している。

講義が終わるのを待って、俺はプロカメさんに話しかけた。

「こんにちは」

「おお、稔殿。一週間ぶりだな。相変わらず忙しいのかな」

「うーん、ようやく暇になったかな。でも新たな問題が生じたので、ちょっとその関連で……」

「ん？　何が起きたのだ」

「これを見て欲しいんだけど」

俺は守護者の指輪から惑星チャンスの３Ｄホログラムを映し出した。

この大陸の中央部に森林地帯があるが、そこの一部が赤く点滅している。

「ここからだと遠いな」

「この森で数日前に爆発音と同時刻に、地震が発生したんだ」

「……地震？」

「そう」

プロカメさんは考え込んだ。

「均一な岩盤が大陸の下にあるため、地震は起こらないはずだ。マントル対流もないし、そもそも星の守護者がいれば、そんな活動エネルギーはとうの昔に吸収されておるだろ」

「そうだよね。というわけで、原因不明なんだけど」

「考えられることと言えば、星の外から何かがやってきたくらいか。だがお主は、指輪でそれが分かるであろう？」

「うん。宇宙船とか隕石、その他大気圏外から来た形跡はないね。もうひとつ言えば、地震が起きたとき、その近辺には生物の反応はなかった。すぐに指輪で確認したから確かだと思う」

「……自爆？」

「……まあ、可能性はなくはないけど。移動手段もない森だし、わざわざそんなところでする理由はないよね」

「そうであるな。そういえば、爆発と言ったが、どのくらいの規模なのだ？」

「爆発……だとは言いにくいんだけど、もし爆発ならば半径二百メートルくらいの規模かな」

「どうも歯切れが悪いな。どういうことだ？」

「同心円状に何かが起こったという感じじゃないんだ。目玉焼きのように影響範囲にばらつきがある感じ。それにどちらかといえば、中心部に向かって収束したようにも見える。木々の倒れ方とかがね」

「ふむ……謎だな」

「謎だよね。指輪じゃ、それ以外のことは分からない感じ」

「よし、そういうことなら調査できる者を集めておく。調査班を派遣した方が良いじゃろう。

できるだけ幅広い知識をもった者を集めておくぞ」

「そこまでしなくても」

「いや、未知の現象ならば調べる価値がある。しかも星の守護者がいる惑星で地震など普通は考えられん。噴火や嵐なども同様だ。そのような余剰エネルギーはすべて指輪に集められるからこそ、お主はこの惑星で強大な力が使えるのだ。惑星とのリンクが切れかけているのか、星の守護者を上回る者がいるのか、ただの自然現象なのか、分からないなら調査せねばならん」

見るとプロカメさんの目はキラキラ輝いていた。もしかして自分が調べたいだけなんじゃないだろうか。


というわけで、森で起こった謎の爆発と地震について、後日調査隊が組まれることになった。

「この後、孤島でリーダーに会うんだよなぁ。この話、一応教えた方がいいかな」

リーダーは謎とか調査とか言葉がつくと、結構顔を出したがる。持ち前の行動力がいい方に転がることもあるが、やり過ぎることも多い。

「…………よし、知らせないでおこう」

あとで何か言われるかもしれないけど、その方がいいだろう。

リーダーと会う約束をしていたので、俺は孤島へ跳んだ。

孤島につくと、リーダーはすぐに見つかった。どうやら、巨人族と何やら話しているらしい。邪魔しちゃ悪いと遠くから眺めていると、リーダーがすぐに気がついた。

「よう稔、遅かったな」

リーダーが手招きした。相変わらず勘が鋭いな。匂いで分かったのかもしれないけど。

「居住区に寄ってたんで、ちょっと遅くなっちゃった」

「何かあったのか？」

「昨日、移住者のひとりがこっちの製品を分解して、ちょっと爆発させた感じ」

俺たちは、地球以外で使われているものを言う時、よく「こっち」と表現している。惑星チャンスに持ち込まれたオーバーテクノロジーを総称している感じだ。

「未知の技術は試したくなるし、調べたくもなるな」

なんとなくリーダーは、その辺の心情が分かったようだ。

「そうなんだよね。一応自警団の人に話を聞いたけど、被害はなかったみたい。探求心を削ぐのもあれだし、今回は当人のみ奉仕活動かな。こういうのもそのうち収まるだろうし」

「目新しさもなくなれば、落ち着いてくるさ」

「そうだね。それで、状況はどんな感じ？」

「ダービエンがいうには、今は理想的な環境だそうだ。この島に地球の動物を放して一ヶ月、ゆっくりとだが生態系の環が出来つつあるらしい」

「へえ」

ダービエンさんというのはダガン族の動物学者で、プロカメさんがわざわざ招致してくれた宇宙人だ。正式な名前はダービエン・ツォルト。身長は四メートルくらいある。

ダガン族は総じてみな大きいらしい。俺は巨人族と呼んでいる。

ダガン族の女性はやや小さいが、それでもみな二メートルはゆうに超えているとか。考えるだけで凄そうだ。彼はもともと動物を運ぶユニットを製作する仕事をしていたらしい。ユニットとは、モジュールに組み込む、小さなが部品の集合体だと思ってもらえればいい。モジュールが箱ならば、ユニットは小箱だ。

その際いかに動物を傷つけず、ストレスを与えずに運ぶか、その研究をしていたそうだ。

動物の輸送に特化していくうちに、多くの動物の生態に詳しくなったとか。

どこにどんな才能が隠れているか分からないないと思う。

「このままうまく行けば、島だけでなく大陸にも放せるようになるだろうな。それでも数年は先になるだろうが」

「環境の変化はどうなの？」

「地球と同じような環境に住む動物を放しているからその辺は問題ない。だが、頂点の大型肉食獣をどの段階で投入するかとか、その辺のタイミングはダービエンと相談しながら決めていくことになるな」

リーダーの言葉にダービエンさんはゆっくりと頷《うなず》いた。

「今のところ順調です。この調子ならば、さしたる障害もなくやっていけるのではないかと予想しています。それにここ以外にも、いくつかの島で繁殖を行っています。暖地、温暖地だけでなく寒冷地など、多くの環境下でも同様の結果が出ていますので、数年後には嬉しいニュースが提供できるかと考えております」

「そうですか。それはよかった」

ダービエンさんは、ふと思い出したように後ろを振り返った。

「最近弟子《でし》を取りましたので、いい機会ですからご紹介しましょう」

ダービエンさんが呼ぶと、メモを取っていた金髪の女性が駆け寄ってきた。

弟子は地球人らしい。ということは、移住者のひとりだ。

「現在、私のところで動物学を学んでいるマリア・ヴァーユロンです」

「初めまして、マリアと呼んでください。地球では宗教学的観点からみた方舟《はこぶね》の研究をしていました。今回、地球の動物を惑星チャンスに移すと聞いて、まさに現代の方舟と思って参加させていただきました」

ペコリと頭を下げたマリアという女性はまだ若く、二十代に見える。

「そうですか、惑星チャンス移住局代表の矢羽根《やばね》稔です」

「やっぱりそうですか。わたし四日目の移住組だったので、初日のセレモニーはテレビで見たのですけど、とても感動しました！」

感動……あの日の俺の演説も、そう捨てたものじゃなかったということかな。

「あのドキュメンタリー映像が凄かったです！」

違いました。ポリさんの作ったアレですね。

間を持たせるために、撮り溜めた多くの映像を、ポリさんは編集してくれていた。それを当日スクリーンに流したり、テレビ局に提供したりしたのだった。

「家で見たの？」

「そうです。実家はウェールズなんですけど、本当に凄くて。両親とテレビにかじりついて見ていました！　しかもここで現代の方舟に携《たずさ》われるなんて、わたし幸せです」

テンション張りまくりのマリアさんに、俺がタジタジになっていると、横でリーダーが笑っていた。

「そういわけで稔、ここの研究はもう少しでいい結果が出せそうなんだ。しばらくこっちを中心に動こうと思う。もろもろのことはそっちで頼むな」

「分かった。とりあえず優秀な社員がいっぱいいるから大丈夫……かな？」

「まあ、手に負えなさそうなことがあったら相談くれれば飛んでいくからな。というか迎えに来てくれ」

「そうならないよう、頑張るよ」

とは言っても、リーダーのいまやっていることは、惑星改造のひとつである。飛んで来てくれると言うが、抜けて大丈夫ではないと思う。あまりリーダーをアテにしない方がいいだろう。

それでも、リーダーたちの様子を見て、俺は安心できた。

もともと惑星チャンスには大型動物がまったくいないのだ。生態系があまりに寂しいと思っていたし、なんとか軌道に乗ってほしい。

「さて、あとは……ヤギ商人さんに呼ばれてるので最後かな。なんだろ、あちこち回って、郵便配達員みたいだな」

俺は指定された場所に跳んだ。


ヤギ商人と待ち合わせた場所は、巨大な研究施設の入口だった。

研究施設とヤギ商人がまったく結びつかないが、何か考えがあってのことだろう。

「稔殿、ようこそいらっしゃいました」

建物の中からヤギ商人が出てきた。

「こんにちは」

「こんな場所で待ち合わせとは、驚かれたことでしょう」

「ええ、少しだけ」

ヤギ商人はニコニコしている。

「とりあえず、中へどうぞ」

うながされて俺は建物の中へ入っていった。無機的な通路だが、俺には見覚えがあった。

「ここは、簡易ユニットで作った建物ですか」

簡易ユニットとは、ヤギ商人たちウル族が惑星チャンスに移住してきた時、持ち込んだ住居作成キットである。

「ええ、いろいろカスタマイズしてありますが、よくお判りでしたね」

「さすがにあちこちで見てますので」

いま惑星チャンスで最も多く使われているのがこの簡易ユニットだろう。値段が安く、汎用性がある分、個性に乏しい。

「今日は少しばかり変わったお話をしたいと思いまして、わざわざここまで来ていただいたのです。あまり馴染みのない話になると思いますが」

ヤギ商人はそう前置きして語り出した。

「ここの研究所では、高分子や光の量子に関する実験や研究をしております。実験棟ごとに研究内容が分かれており、研究所全体で所長は七名おります。今日会っていただきたいのはその中のひとりで、量子光学を研究している者です」

私の友人ですと、ヤギ商人は言った。

「量子……光学ですか？」

　当然俺には何のことだか分からない。

「研究内容はこの際関係ないので気になさらなくて結構です。所長は私の友人で……ゴロというのですが、彼が言うには数日前、実験中に変なノイズが入ったと。それがおかしいので星の守護者様の耳に入れておきたいと言い出しまして」

「変なノイズ……何か問題が？」

「まあ、その辺も含めて聞いていただければ。ああ、着きました。ここです」

　中に入ると馬のような人がいた。ヤギの友なら馬もありか。

　そんなことを思っていると、馬人間がこっちにやってきた。

「お初にお目にかかる。わしは量子光学研究所長のゴロじゃ。エフディエリットと同じウル族である」

　馬でゴロ……ということは馬吾郎《うまごろう》だな。

「矢羽根稔です」

「地球からの研修生に量子理論と量子光学を教えておる。生徒たちからはゴロ教授と呼ばれておる。よろしくたのむ」

　俺は馬吾郎教授と握手した。

「こちらこそ。早速ですけど、実験に変なノイズが入ったとか聞きましたが、それって異常なことなんですか？」

「うむ。この惑星とその外に、いくつか光子の観測ポイントを設置して、実験をしておったのじゃ。観測ポイントは距離にしてこの惑星三つ分くらいまでをカバーする程度には散らしておいた」

馬吾郎教授はそこでパネルを開いた。

「見て分かるかどうか不安だが、数日前に一度だけだが巨大なノイズが入った。もちろん観測機器の故障や誤検知ではないぞ。観測ポイントはそれぞれ何十万キロも離れておるからな。それらすべてがノイズを拾いおった。しかも、ノイズが一番激しいのが、この惑星上というわけじゃ」

惑星数個分離れた場所まで影響を与えるノイズ。これはただならぬエネルギーだと、馬吾郎教授は言った。

「どのくらいの規模なんですか？」

「一瞬だけだったが、おそらくブラックホール数十個分のエネルギーが瞬時に発生した。かといって物理的な影響はなかったようじゃ。質量の伴わない何らかのエネルギーが、局地的に出現したと予想した」

「出現したのですか？」

「出現じゃな。もしこの惑星のどこかであのエネルギーを発生させようとしたら、巨大な装置と、それを集めるエネルギー吸収装置が必要じゃな。あんなもん溜めておけんわ」

「それは不可能ですね。密かにエネルギーを溜めようとしても、俺が知らないわけはありませんし」

「うむ。星の守護者が見落とすことはありえんじゃろう。ゆえに出現したのじゃ。無から有と考えると摩訶不思議な話になるが、転移門のような装置でエネルギーだけを送り込んだと考えれば説明がつく」

「エネルギーだけを送り込むことはできるんですか？」

「技術的には無理じゃな。しかも今回のケースは、あまりに強大なエネルギーであることも関係している。ブラックホールになりかけの矮星《わいせい》などを多数集めて、その爆発的なエネルギーを抽出し、うまく凝縮すれば可能じゃろうが、現実的ではないと思う」

「そんなすごいエネルギーだったら、それこそ、この星なんか一瞬で吹っ飛ぶんじゃありません？」

「ああ、だから質量を伴なってなかったのだろう。何種類もの計器を設置したが、反応したのは、光子を観測する装置だけだった。だが、反応したということは、確実に何かが起こったことになる。影響は皆無とはいえ、次があるかもしれん。なのでエフディエリットに伝えたら、星の守護者に話しておいた方がいいと言われたのでな。確かにその方がいいと、わしも賛成したわけじゃ」

二度目があるかもしれない。そのとき質量を伴えば、惑星が消滅する可能性もある。

原因不明の爆発と地震に加えて、今回は光子を観測する機械のみで発見できた謎のノイズ。

「惑星チャンスで、一体なにが起きているんだ？」

結局、研究所で馬吾郎教授から聞いた話だが、俺は半分も理解できなかった。

馬吾郎教授が観測したノイズと、この前の爆発や地震と関係があるのだろうか。

今さらだが爆発があった森へ、プロカメさんが調査隊を編成してくれて、よかったのかもしれない。

少なくとも、原因が判るまでは調査を続けたいな。

「わしからの話は以上じゃ。これ以上話すことはないが、観測は続けておく。また同じような現象が現れたらすぐに知らせよう」

「ありがとうございます。では俺たちはこれで失礼しますね」

「わざわざすまんかったな。研究所の外まで送ろう」

馬吾郎教授が先頭にたって歩き出した。

「わしも長い間研究しているが、先のような現象は見たことがない」

ヤギ商人が大きく頷いた。

「星の守護者の守る惑星では、めったなことは起きませんからね、おそらくは外的要因でしょうが。それでも稔殿なら何かを感知できるかもしれません」

「感知……できるのかなぁ」

逆に俺は首を傾《かし》げる。爆発と地震のあと、指輪でいろいろ確認したが、不審なものはなにも現れなかった。

「守護者の指輪ですが、使っているうちに様々な応用が利いてきます。最初は、力の使い方すらおぼつかなかったのではないですか？」

そうだった。人間にはない感覚器官というのだろうか。思考に方向性を持たせてエネルギーをのせるのが思いのほか難しく、難儀《なんぎ》した思い出がある。

あの時は、ただただ練習あるのみだった。そのおかげで今はある程度指輪の力を使いこなせるようになったが、まだ足らないのかもしれない。

「おっとぉ！」

曲がり角で馬吾郎教授が誰かとぶつかった。相手の持っていた書類や本などが床に散乱する。

「ああっ、すみません」

ぺこぺこと頭をさげる仕草に既視感がある。あれはきっと日本人だ。

「なんだ、カールか。むやみに走ってはならんぞ。とくに急いでいるときこそ慎重にな」

「はい、すみません、すみません」

カールと呼ばれた青年は、二十代くらいだろう。気の弱そうな外見をしていて、亜麻色の髪は地毛っぽい。外見からすると、日本人ではないのかな。

「移住者ですよね」

　俺がいうと、馬吾郎教授がカールの落とした荷物を拾ってやりながら答えた。

「カール・長船《おさふね》と言ってな、研究所ではなく大学施設に学びにきておる学生のひとりじゃ」

　そういえば、馬吾郎教授は所長と教授のふたつの肩書きを持っていたっけ。

「じゃあ、教え子なんですね」

「うむ。だが、こやつは専門に学んでいたわけではないので、今のところ講義を聴いているだけだがな」

「……専門？」

　どうやら馬吾郎教授によると、ここで学ぶ内容が高度なため、ある程度知識を持つ者か、経験者だけしか学生を取らなかったらしい。ところがカールは、まったくの素人にもかかわらず、ペーパー試験をパスしてしまったので、こうして学んでいるのだという。

「優秀なんですね」

「いえ、僕は……その天体ヲタクというか、宇宙物理学マニアというか」

　カールの実家が日本で八百屋をやっており、普段はそこを手伝っているという。門外漢にも程がある。だが、本人いわく、重度の天体マニアらしく、移住に応募して、高度な授業を受けようと思ったらしい。変わった経歴だ。

「学位もなく、実務経験もないのによく受かったな……」

「試験を受けさせて判ったが、最低限の知識はある。あとは専門馬鹿にはない柔軟な発想力があった。真面目であるし、これでなかなか重宝しておるよ」

馬吾郎教授はそう言ってカールに拾った書類を手渡した。

「教授、本当にすみませんでした」

「急いでいるのだろ。早く行ったらいい」

「はい。では失礼します」

どうにもカールには、生粋の日本人らしさが備わっている。

「ハーフなんだろうなぁ」

両親のどちらかが外国人なのだろう。実家が八百屋と言っていたから、母親の方だろうか。

「この時間だと、物性物理学の講義だな。まったく不注意なやつめ」

そういう馬吾郎教授の声には、暖かみが隠されていた。意外と専門外からやってきたカールを気に入っているのかもしれない。

馬吾郎教授はきっちり研究所の外まで送ってくれて、そこで別れた。最後まで見送ってくれるあたり、律儀な性格をしている。研究者という職種は結果がでるまで辛抱強く待つのが仕事のようなものだから、最後まで見届けるというのは一種の職業病なのかもしれない。

「さて、稔殿。私の用事はすみましたが、結局のところどうなのでしょうね」

「よく分からないのが正直なところだけど、ちょうどカメさんたちが別件で調査隊を組むので、そっちと関連があれば、すぐに結果が出るかもしれないかな」

「調査隊……他にもなにか？」

俺はヤギ商人に、プロカメさんとのやりとりを説明した。

「爆発ですか……そんなことが。ということは、ただの異常現象ではないのかもしれませんね。私の方からもダヴィエフン殿に連絡しておきましょう。何か協力できるかもしれません」

「それはよかった。ぜひお願いします」

○

ヤギ商人とそんな話をしてから数日経ったある日、プロカメさんから連絡が入った。

「稔殿、準備ができたのでこれから調査隊を派遣するぞ。一応先遣隊として数名を送っておったが、今のところ目新しい情報はないようだ。とりあえず、十日間を一区切りにやってみるわ」

「了解。俺も行こうか？」

「いや、調査といっても現地でサンプルを取って解析するのが主であるし、問題なかろう。それに調査は急いでやると見落としがあるかもしれんからな。ある程度の結果が出て、必要と思えた時に来てもらうことになるかもしれん」

「分かった。何か変わったことがあったら知らせて」

「うむ。必ず知らせよう」

ついに調査隊が派遣されたか。星の守護者がいる惑星では、天変地異はありえないと言われた。

つまり、外からの影響で何かが起こったということになるんだろうけど。調査の専門家であるプロカメさんたちならきっと調べ出してくれるだろう。そう思って、この件はいったん忘れることにした。


しばらくは平穏な日々が続いた。

プロカメさんが区切りをつけた十日目より早く、俺のもとに連絡が入った。

「早かったね。何か分かった？」

きっと調査終了の報告だろうと思った俺は、開口一番そんなことを聞いてみた。

「それがの、調査は終了したのだが」

いつものプロカメさんらしくない。なんとなく歯切れが悪い。

「どうしたの？　もしかしてトラブルでもおきた？」

「まあ……そんな感じかのう。先ほど言ったように調査自体は終了したのだが、どうもそれだけではないらしい」

「ん？」

「未知の種族が発見された……そう言ったら信じるかの？」

「えっと……未知の種族って、まだどこにも発見されてない？」

「うむ」

「それが惑星チャンスで？」

「うむ」

「いやいやいやいや……ありえないでしょ」

「我もそう思うのだが、見たという者が多くてな。しかも今回一緒に連れて行った移住者たちの間では、幽霊が出たと騒ぎが大きくなっておる」

「幽霊？　ちょっとそれは……そっちで何か混乱してない？」

　幻覚を見るガスでも吸ったんじゃないだろうか。この星で誰もまだ死んでないんだから、幽霊がでるわけがないんだけど、どういうことだ？

「見たというのはな、四枚の翅《はね》をもつ小さな人らしい。移住者の間では伝説のフェアリーではないかと騒いでおる。それの幽霊だな。半透明で全身が透けるようだったということだ。幽霊という線を除いて考えれば、新しい種族ということになる。わしもそのような種族に心当たりはないからのう。……というわけで、今のところ幽霊なのか未知の種族なのかはっきりせん」

　フェアリーというと、イギリスなどでよくおとぎ話に出てくるあれのことだろうか。それが半透明で存在しているのかな。

「見間違いやホログラムではなくて？」

「いや、我が種族の仲間も見ておるしな。そこでデータベースにアクセスしたが、該当する種族はなかった。そもそも全身が半透明な種族自体少ない」

分からない。何が何だか。新種の種族がこの星にいる？

俺はさっそく指輪からこの星にいる人々の所在地を出してみた。

「えっと、登録済みと、地球から転位門から来た人を消して……」

その森付近で人を示すマークは存在しなかった。

「いま調べたけど、外から誰も来てないみたい。少なくとも指輪には反応しない」

「うーむ。どういうことだ？　稔殿、宇宙船の反応はどうだ？」

言われて探してみる。人造の金属など宇宙船に限らず適合するものを片っ端から検索かけてみるが、そのどれもが該当無しを示していた。

「だめだね。見つからない」

「……本当に幽霊なのかの」

プロカメさんの放った一言を、俺は一笑に付すことはできなかった。

俺はプロカメさんから連絡を受けたあと、森へ跳ぶことにした。森の現状を自分の目でもう一度確認しておきたかったのだ。くだんの森へ跳び、空から眺めてみる。この森の面積はかなり広い。

指輪の力で空中飛行ができるので、大変便利だ。

森は広かった。南米の森林地帯などと比べるべくもないが、それでも国土の九割が山岳地帯である日本では、お目にかかれない規模である。

異変があったのは森の中心部に近い一帯で、その場所だけぽっかりと穴があいたように見える。

俺はその穴の縁に降りた。

「この辺は木々がかろうじて残っているのか」

なぎ倒された木は、外側から内側に向かって倒れている。これは一体何を意味しているのか。

「上空から見ると、影響範囲は半径数キロメートルってところかな」

爆発の余波で枝が折れ、幹に傷が付いたものまで含めれば、それくらいの規模となる。

「普通こういうのは、隕石って線が一番大きいんだけどなぁ。指輪は反応してないってことは違うのかな」

守護者の指輪を使って検索してみた。ここ数ヶ月で地表に到達した隕石の数はゼロであると表示された。

「匂いもないし、物質も残っていない」

これが火薬やそれに類するものが使われてたら、大気成分の変動から指輪が教えてくれるが、そんなこともない。

完全なミステリーだ。

「現場の確認も終わったし、プロカメさんのところへ行こうか」

俺は跳んで、調査隊が使用しているベースキャンプに出た。

ここのどこかにプロカメさんがいる。

不意に出現した俺に、作業をしていた者たちがぎょっとした顔を向けた。

「そういえば、俺が社長だって分かっても、星の守護者だって知らないしな」

説明しようかと思ったが、未知の機械で転送されたのだろうと勝手に解釈してくれると思ったので、スルーしておいた。

「えっと……プロカメさんは」

ざっと探してみるが、見当たらない。

まわりに聞けばいいのだが、なんとなくそれもはばかられたので、しばらくベースキャンプ内を歩くことにした。みな、見たこともない機器を扱っている。

どうやら、思ったよりも本格的な調査をしているようだ。中には脳波を測定するようなゴーグルをつけている者たちもいる。

「あれは一体なんだろう？」

　興味が出たのでじっと見ていると、どうやら向こうも俺に気づいたらしい。中のひとりがこっちにやってきた。

「矢羽根社長ですよね。移住局の」

　恐る恐る聞いてくるので、俺はそうだと答えると、相手は恐縮したように黙り込んでしまった。

　別に何が偉いというわけでもないと思うのだが、自分が思っていることと、相手が感じることとは別なので、少し緊張をほぐす意味を込めて話しかけてみた。

「そのヘルメットみたいなのは、何に使うの？」

「これですか。これは、コウ族と意思の疎通をはかるために作ったものらしいです。ちゃんとしたところにお願いして作れば、もっと小型軽量化できるようですけど、仮ということで」

「意思疎通？　リボンで会話はできるよね？」

「ええ、通常なら全く問題ないのですが、どうしても前提となる知識量に膨大な差がありまして、それを補う意味があるようです。すみません、どうもうまく説明できないです」

「いや、いいよ。なんとなく分かったから。それに必要だから着けているんだろうしね。そういえば、プロカメさんはどこに行ったか分かるかな？」

「プロカメさん？　……ダヴィエフン先生でしたら、つい先ほど出かけられました。ほんのちょっと前だったんですけど」

どうやら俺がこのベースキャンプについたとき、出発するところだったのだろう。

「なら、戻ってくるまでここで待っているか」

俺はまた、ブラブラと歩き出した。

プロカメさんが戻って来たのは、それから二時間ほど経ってからだった。

森の木々の上を飛行できる乗り物に乗って戻って来た。なんかカッコイイな。

面白そうなので、後でちょっと乗せてもらおう。

「稔殿、待たせてしまったようだな。直接連絡をくれればよかったのに」

「それほど急いでいる訳ではないし、いろいろ見ていたら時間なんてすぐ経ったしね。退屈はしなかったと思う」

「そうか。だが、あまり面白いものはないと思うがの」

「いやいや、目新しいものが多くて飽きなかったよ」

実際に見て回ると、みな親切に使い方なども説明してくれた。なにより驚いたのは、こっちに来てまだ二ヶ月足らずだというのに、移住者の多くがその機器の使い方に精通していたことだった。

吸収がよい、飲み込みが早いというだけでなく、学習に対しての意欲が高いのだと思う。

「それで、分かったことをもう少し詳しく聞きたいのだけど」

「そうだな。まずは、その話からしよう」

そう言ってプロカメさんはいくつかの資料を持ってこさせた。移住者をうまく使って効率化をはかっているようだ。

「稔殿、まずは今回の事件の規模について話そう」

「規模……何か大げさな気もするけど、いいよ」

「爆発があった場所を調べた結果、中心地は消滅しておる。そこから同心円状に被害が広がるという感じではなく、被害の幅の強弱が見られた。半径二百メートルくらいまでに大きな被害があり、そこから緩やかに被害の規模が減衰しておる。それを図にするとこのような形になる」

そこには、いびつなラグビーボールが何層にも描かれていた。

「一番小さな赤い線の内側は、被害の大きい場所だ。その外側の青い線までが何らかの被害が認められた部分、さらに外側の緑の線が視認できる範囲で被害は確認されなかったが、計器によって軽微な損傷が認められた部分となっておる」

「結構大きいね。最大だと半径十キロメートルくらいかな」

「そのくらいになる。そこまで行けば見える被害はないレベルなのだが、それはいいとして。この規模の爆発から算出されたエネルギーを、地震が起きた際のエネルギーと比較すると、ほぼ一致することが分かった」

「つまり、爆発と地震は同時に起こった。いや、爆発が起こった余波で地震が観測されたということでいいのかな」

「うむ。その通りだ。そういうわけで、地震のことはひとまず置いておいて、爆発に焦点をあてて調査してみた。すると、力のモーメントが多少いびつながら出てきたのでな、それを見てもらいたい」

　プロカメさんが二枚目の地図を出す。さっきのは真横から見たものと俯瞰《ふかん》したものだったが、今回のは真上から見たものだった。

「これは……台風？」

「近いな」

　真上から見ると、人の目のようなというか、銀河系を遠くからみたようなというか、渦を巻いた円状の塊があった。しかもその上に矢印が書かれている。中心部は時計回りに、その外周は中心部に向かうようにして書かれている。

「分かると思うが、力のモーメントは複雑な動きをしている。これは、単純な爆発ではないことがわかった。もっとも、爆発ならば中心部から外側へ一気に力が加わるから、調査前から予想はついておったのだが」

「俺が見た被害と同じ感じだね」

「周りながら中心部に向かっておるだろう？　これを爆発と称するのはいささか抵抗があると

思うのだ」

この力の流れは確かに爆発とは思えない。

「するとこれは一体何なんだろう？」

「エネルギーの大きさ、力の向き……考え合わせると、何かがここへ送り込まれた、そう判断した」

「………えっ⁉」

何かがここへ？　送り込まれた？

「意志ある存在が別にいて、この場所を狙って、何かが送り込まれたということ？」

「事象から判断すると、ということになる」

「それじゃ、今もこの森の中にその送り込まれたものが？」

送り込まれたのがただの物体なら、中心部にあったはずだ。だが、俺が最初に見に来た時にはもう何もなかった。

ということは、それは自分の意志で移動できる存在ということになる。そういえば、近未来から人を抹殺するためロボットが送り込まれた映画を見たことがある。そんな感じで登場したのだろうか。

「それでな、この森でキャンプを張り、調査をしているときに、幽霊騒ぎが起きたと話をしただろう」

そういえば、そんなこと言ってたっけ。

「フェアリーの姿をした半透明の幽霊を見た人が何人も出たとか」

「うむ。まあ、これは仮説なので話半分に聞いてもらいたいが。その幽霊……ここでいうところの未知の種族だな。それが送り込まれた者の正体ではないかと我は考えておる」

たしかに辻褄《つじつま》は合う。

「でも、指輪が反応しなかった」

「それが不思議なのだ。守護者の指輪が見逃すなど、現実にはあり得ない。それでもその未知の種族と接触できれば、分かるのではないかな。ちょうどさっき調査隊のひとりが見かけたというので、我達は急いでそこへ向かったのだ」

プロカメさんが出かけていたと言っていたけど、そういう理由だったのか。

「それで見つかった？」

「いや。一応、生体反応を調べる機器を持っていったのだが、まったく引っかからなかった。手分けして探したが、見つからなかったので戻ってきたのだ。だが、つい数時間前までこの惑星にいることが分かっただけでも収穫だ」

「そうだね、もし自分から来たにしろ、送り込まれたにしろ、話を聞けば分かるかもしれない」

「というわけで、調査は終了させて、次は未知の種族とのコンタクトを最優先でしようかと思う。調査隊の半分は帰して、そのかわりに期間をあと十日間、延長するつもりだ。その間に探し出せればよし、できなければ何か別のアプローチを考えてみる」

「分かった。俺もできることがあったら手伝うよ」

目的も出来たし、これで未知の種族を見つけさえすれば解決すると思っていたが、俺とプロカメさんはひとつ大きなことを失念していた。

未知の種族がこの惑星にいることをもっとよく考えていれば、防げたかもしれなかった。

第二章　ミヤの日常と幽霊発見の報

プロカメさんは調査隊をいったん解散し、彼らの半数を帰した。その上で残ったメンバーを編成しなおした。

先に帰ったメンバーには、今までの調査資料からレポートの作成を行わせるのだという。

新編成メンバーを『捜索隊』と銘打ち、情報のあった半透明の妖精を捜すことにした。

俺は、星の守護者としての仕事に戻った。プロカメさんにも言われたが、俺にしかできないことは、いっぱいある。それを疎《おろそ》かにしてはならないのだ。

何しろ、急に星の人口が十万人も増えた。一見俺のスケジュールが空いているように見えても、当日にバンバンと予定が入ってくる。他人に任せられない、つまり俺が決断しなければいけない案件も多く、どうしても出向かざるを得ない。瞬間移動が使えて、本当に助かっている。

後ろ髪を引かれるが、捜索はプロカメさんに任せることにした。

「なに、次の期日の十日後までに、きっちり見つけておくわ。最悪映像だけでも撮れるであろう。とくにこのところ、目撃例が増えてきた。存外早く見つかるかもしれん」

「そのときは、早めに連絡を。すぐに跳んでいくので」

「稔殿なら、一瞬か」

「ええ、文字通り一瞬で……あっ、ミヤから連絡が入ったみたいだ」

腕の通話機が震えた。

「ミヤ殿か。ワシの話はもう終えたので、通話してよいぞ」

「うん。じゃあ、さっそく……ミヤ、俺だけど。どうしたの？」

『いまどこ？』

「プロカメさんのところ。爆発と地震があった件を調べていたんだ」

『ん。だったら、リキット族のところへ行きたい』

「あの岩場のところだね。いいよ。……じゃあ、ここは任せちゃっていいかな？」

「うむ。問題ない」

「わかった。ミヤ、今からそっちに行く」

『待ってる』

爆発や幽霊騒ぎの件はいったん忘れることにして、ミヤを迎えに行こう。

俺は指輪から情報を探しだすと、転移門のすぐそばに、ミヤの反応がある。

「それじゃ、行ってきます」

「うむ。しっかりの」

俺はプロカメさんに見送られつつ、跳んだ。

ミヤの言っていたリキット族は、人の姿をしているが、身体は水晶でできている。彼らは深い知性を持ち、物事の見た目にとらわれずに、公平な思考ができる。そして長寿である。

環境変化に強いことから、どこへでも赴くことができ、その知性と公平さを用いて問題を解決する種族である。『通商圏の調停者』として、多くの種族から敬意を払われている存在だ。

普段は岩場や殺風景な平地に暮らしているが、文明レベルはかなり高い。

昔、地球の哲学者のひとりが、人間が持つ偏見や先入観、いわゆる色眼鏡を通してものを見ることをイドラと呼び、人間は初めから四つのイドラを持って生まれてくると説いた。

もし、リキット族をこれに当てはめるならば、彼らは四つのイドラを持たずに生まれてきたといえるだろう。

彼らがこの惑星チャンスに定住しているからこそ、力によって惑星を手に入れるような種族も攻撃をためらうのだという。

惑星の攻防は種族間の争いであり、リキット族は干渉の対象とはなりえないが、逆に彼らが定住する星をわざわざ攻撃するのを、他の種族が許すはずがないのだという。

彼らリキット族は、通商圏全体で守られるべきであり、単一種族が利益のために排除していい存在ではないのだと。つまり、彼らがここに住んでくれているだけで、この星としては存外の幸せなのだ。

なぜミヤが彼らのところへ行くのかというと、ミヤが彼らに師事し、その考え方を学びつつ、自分のフィールドで実践していきたいかららしい。

「ミヤ、おひさ」

「ん」

俺はミヤを見つけて声を掛けた。

ミヤは在学中から、暇を見つけては途上国、しかもインフラすら整ってない場所へよく出かけていた。卒業後は世界中のそのような場所を巡り、飢餓や貧困を抱えた人々と暮らしていたいと言っていた。

俺はそれを途中で投げ出させ、この惑星チャンス運営に参加させてしまった。

現在、人員も豊富に揃い、協力してくれる種族も増えたことから、各自のやりたいことがあればそれを優先していいと伝えてある。

ミヤの活動は、在学当時と同じだが、その規模拡大版と言ったところだろうか。宇宙まで拡大するとは思わなかったが。

あの頃を思い出す。

授業時間以外は、みな勝手に好きなことをしていた。必要があれば集まり、敵ができたら団結して対処する。そんな日々だった。なぜ、大学生活で敵が出てくるのかは置いておくとして。

ミヤは、このリキット族から学びたいと自分から言い出した。

将来の自分に必ず役立つからと。なので俺は彼らにミヤを紹介したし、ミヤも彼らの元で暮らしながらいろいろ学んでいる。

ちなみに龍彦《たつひこ》と志乃《しの》は地球で自分の仕事や会社があるので、最近はほとんど地球にいる。

「どうだミヤ、こっちでの暮らしは」

「過ごしやすい」

「そうか。それはよかったな」

「でも」

「……でも？」

「キレイ過ぎる」

キレイならそれに越したことはないじゃないか、と俺は言わない。恐らくミヤの言うキレイ過ぎるというのは、心の持ちようではないだろうか。ねたみやそねみ、ミヤは人の思考を『視る』。出会った当初は、人の隠し事を見抜くだけだと思っていたが、どうやら、もっと広範囲に分かるらしい。

多くの人が集まる場所で、欲望や願望を『視る』のは嫌いらしく、用事がない限り、人混みの中に行きたがらない。

逆に田舎や、途上国にある素朴さ、真摯さの中に隠された強い思いを『視る』のは好きらしい。

あと、そういう閉鎖的な社会特有の現象、偏執的なほどの狭量さを『視る』のも悪くないとか。よく意味が分からないが。

「そっか、ミヤには少し合わないのかな」

「そんなことない」

もうミヤと知り合って、五年以上経つ。はじめこそ俺とミヤの仲はギクシャクしていたが、今では問題なく接してくれている……と思う。

「じゃ、いこうか」

「ん」

俺はミヤを連れて跳んだ。

リキット族は、いまだミヤ以外の弟子をとっておらず、生徒もいない。ゆえにそこへ至る方法がないのだ。なので必要があるときだけ、俺がこうしてミヤを送り迎えしている。

「じゃ、終わったら呼んでね。迎えにくるから」

「ん」

そういえば一度、ヤギ商人に守護者の指輪のレプリカを作れないかと聞いたことがあったが、その答えは否だった。

どうやら、そんな簡単なものではないらしい。もし地球を使って星の守護者の指輪を作った場合、その指輪の所有者が、地球にあるものすべての所有者になってしまう。

つまり、急に世界が征服されてしまうのだ。それは大変だ。

異世界ファンタジーなら魔王と呼ばれる存在だろう。その場合、勇者は永久に現れないわけだけど。

星に暮らす人にとって、守護者の存在はそれだけ危険なものらしい。なのでレプリカといえども権限の一部を明け渡すようなものは作れないのだとか。

ちなみに守護者がいる星の数は、結構少ないと聞いた。ほとんどが資源を採取するような星であったり、人が住めないような条件だったりするとか。指輪があった方が惑星改造にかかる費用が節約できるし、改造も容易なので、よく作られるのだとか。

すでに知的生命体がいる星で作成することは禁止されている。

結局のところ、この星に何かあった場合の責任は、俺が取るということなのだ。

その責任に比べたら、ミヤの送り迎えなど、造作も無い。


その後は、移住者がおこした小事を片付けながら、俺は忙しい日々を送った。

プロカメさんから通話が入ったのは、前回会ってから数日が経った頃だった。

連絡をもらうまで、「そういえば！」とすっかり忘れていた。

幽霊騒ぎは、どうなったのだろうか。

『稔殿、数日ぶりだな』

「ええ。あれから一度もおじゃましていませんでしたけど。どうなりました？」

頭の中でざっと計算してみる。今日でプロカメさんと別れてから五日が経っていた。

『捜していた者が、見つかったぞ』

「そうですか。それはよかった……見つかったんですか⁉」

幽霊が見つかった？　でも違うのか。捜していた者とプロカメさんは言った。あの正体が分かったのだろうか。だとすると、やっぱり幽霊じゃなくて、未知の種族？　でも、指輪で探せなかった理由が分からないが。

『幽霊と思われていたのは半透明の種族であった。だが困ったことに……』

「……？」

『意識がないのだ。森の中で倒れているのを発見したというのが正しい』

「ああ、そういうことですか。じゃ、すぐ病院に」

『……なのだ』

「……え？」

『無理なの……だ』

「無理……それってどういう」

まさかもう……死？

『半透明であることから察してもよかったのだ。それは捜索隊を率いていた我のミスでもあった』

「ちょっと……それはどういう？」

『運べんのだ。実体がないので、触れん。どうやっても場所を動かせん』

それじゃ幽霊と同じじゃないか。

「それって、死んでるとかではなくて？」

『いや死んではない。倒れているだけだ。詳しい説明は省くが、計測した結果だと、生体を動かすためのエネルギーの流れに支障がでておった』

「いや、よく分からないんだけど」

『ようは、腹が減って動けないということだ。恐らく何も持たずにここへ来たのだろう。徐々に衰弱し、ついに倒れた。そんな感じだと思う』

迂闊《うかつ》だった。未知の種族なら、生命維持活動にエネルギー摂取が必要じゃないか。食べ物とか。でもおかしい。サーチしたが、乗ってきた宇宙船は発見できなかった。ということは、身ひとつでここに送り込まれたことになる。

何も持たずにこの星に来たと仮定しよう。幽霊の噂が出てからすでに何日も経っている。

その間、飲まず食わず……もし俺だったら倒れている。

「それって、マズいですよね。このまま目を覚まさずに衰弱死ということも考えられるし。分かりました。今すぐ行きますので、そこを動かないでください」

『分かった』

俺は間に合ってくれと念じながら、プロカメさんのところへ跳んだ。

星の守護者の指輪は、惑星チャンスに限れば、その力を存分に使うことができる。たとえば、誰のところへも一瞬で行くことができる。

だからと言って、突然人の目の前に出現したり、家や建物や乗り物の中に勝手に出現するのはよくないと思う。なので、普段はある程度離れた位置に出現するようにしている。

室外なら大体百メートルも離れれば、それほど失礼にならないだろうと考えている。だが、今回は緊急性が高かったため、プロカメさんのすぐ近く——具体的には目の前から数メートルの距離で出現した。

「ぬをっ⁉」

案の定、プロカメさんは驚いたようだ。驚かせて申し訳なかったが、緊急事態ということで許してほしい。

「見つかったって？　それで容態は？」

俺の言葉に、プロカメさんは我に返る。

「容態は変わらずだ。意識はない。呼吸しているかどうかすら分からん。脈なども測れん。とにかく触れんので、見ているしかできん」

俺はここではじめて周囲を見渡した。森の中、ちょうど木々が途切れてうまく空間ができていた。

「これがそう？」

大地に手のひらサイズの妖精が倒れていた。妖精と言ったが、本物の妖精ではないだろう。外見が似た種族ということならば、見た目は伝説の生き物にそっくりだった。

「確かに半透明だ。分かりにくいけど、四枚の翅《はね》があるみたいだね」

身体全体がうっすらとピンクがかって、青白い光を放っている。近くに計器がある。流れるエネルギーを測定したものだろう。パネルでは心電図のようにときおり光が出現しては消えていく。

「ここでは本格的な測定ができんし、病院に連れて行こうにも、触ることができん。さりとて設備を持って来るわけにもいかん」

「どこへ連れて行けばいいの？」

「ウル族の中央病院だな。あそこの治療室なら設備が整っておる」

指輪で検索すると位置は分かった。あとは連れて行くだけだが、持ち上げようとしても手が素通りしてしまう。

担架に乗せようとしても同じだ。

俺の指輪の力で跳ばせることはできるだろうか。

「……だめか、直接転送はできないみたい」

試してみたが、無駄だった。

「指輪に反応がないと言っておったしの。恐らくは、生き物や有機物として認識してないのだろう。むろん無機物とも。ゆえに対象を特定できずにいるのだと思う」

「どうすれば……周囲の土ごと持っていけるかな?」

俺は妖精のまわり数十センチメートルをごと土をくり抜いて持ち上げた。

切り抜いた土が大地を離れると、妖精の身体は土塊《つちくれ》を素通りしてしまった。

「これも駄目か」

「我もお手上げだな。稔殿が来るまでにいろいろ試したが、無理だった」

「なにか方法はないかな」

「いちど液体窒素で固めてしまおうという案も出たが、危険なものは試せん」

どうすればいいだろうか。俺はプロカメさんと違って、考えることには向いてない。誰かに聞いてみるか。と言っても、最初から話をしないと伝わらないだろうし。

「ゴロ教授に聞いてみるか」

最近、ヤギ商人に紹介されて研究所であった馬吾郎教授なら、話が早いだろう。なにかいい案を持っているかもしれない。分かったことがあったら知らせると約束したので、連絡先は教えあっていた。

俺は通信機を取り出し、馬吾郎教授へ通話をかけた。

『わしだ』

相手はすぐに出た。

「稔です、先日はありがとうございました」

『こちらこそ、突然呼びつけるようなことをしてしまったすまなかった。して、今日は何か新しいことでも？』

用件を切り出すのが早い。無駄なことはなしない主義なのだろうが、助かる。

「関係あるか分かりませんが、森で未知の種族を拾いました。といっても、全身が半透明で触ることができないんです。現在、意識が無くて病院に運ぶこともできません」

『なにやら面倒そうな状態だな』

「触ることができないだけでなく、指輪も反応しないので、発見した場所から動かすことができないのです。何かいい方法があるかなと思って」

『そういうことか。いまここに弟子達も何人か来ておる。少し案がないか聞いてみよう』

「お願いします」

俺は馬吾郎教授に通話するまでに俺やプロカメさんが試した方法を話し、その結果も余《あま》さず伝えた。

しばらく何人かとぼそぼそと話合う声が聞こえたあと、馬吾郎教授が呼びかけてきた。

『この前会ったカールを覚えているかな？』

「ええ、カール・長船《おさふね》くんでしたね。帰りに教授とぶつかった」

『そうじゃ。それが面白い案を出したので、伝えるぞ。大地から離れると透過してしまうと言っていたな。なら、大地から動かさない状態で、身体と大地の隙間に、固くて薄い円形の板を差し入れるのだ』

「……はあ」

『円の中心をその身体の下に持って行き、円盤を高速で回転させる。するとジャイロ効果が働いて、中心から垂直方向にモーメントが生じる。高速で回転し、その状態を維持している限りその状態を保とうとする。うまくいけば、その未知の種族を影響下に置くことができる』

「原理は分かりませんけど、やり方は分かりました。試してみます」

俺は通話を切ると、プロカメさんに固くて薄い円盤がないかと聞いた。

「シート版でよいならあるぞ」

機材にかけるカバーシートで、外気に触れるとその形のまま固まる性質をもった繊維らしい。

俺はそれを受け取り、平たく伸ばした後で水をかけた。すぐに薄くて固いシートがすぐにできた。これを円形にカットする。

「うまくいくかな」

ゆっくりと身体の下に潜り込ませ、中心部まで到達したので、俺は指輪の力を使って円盤を回転させた。特訓で、こういった細かい力の使い方に習熟しておいてよかった。

毎秒八百回転を超えたあたりで高周波音が聞こえてきた。そのまま円盤を浮上させる。ゆっくりと……ゆっくりと。

妖精の身体は円盤の上に乗ったままだった。

「……成功だ」

ほっと胸をなで下ろす。

「よし稔殿、すぐに病院へ。連絡はすでに入れてある」

「了解」

俺は円盤ごと病院へ跳んだ。プロカメさんの連絡は完璧だったらしく、すでに準備は整えられていた。

妖精の中を流れるエネルギーの調査は終わっているらしく、それと同じものを造り、その中へ浸すことによって回復をはかるのだという。難しいことはよく分からないが、専門家が言うのなら任せていいだろう。

すぐにプロカメさんに連絡を取ったら、他にまだいるかもしれないので周囲を捜索すると言っていた。

妖精は俺の指輪やプロカメさんの計器に反応しないため、どうしても目視による捜索になる。夜まで続けて発見できなければ、翌日捜索範囲を広げてみるらしい。

病院に運んだ妖精もまだ意識不明のままだ。医者も今日はもう目を覚まさないだろうというので、俺はとりあえず帰ることにした。

翌日、俺は病院に行く前に馬吾郎教授の元へ行った。

昨日のお礼を言いにだが、謎のノイズとの関係を、俺なりに考えた結果を聞いてもらうためでもある。

「謎の爆発と地震、それと教授が観測したノイズ。これらは時期が一致していることからも、やはり関係があるのだと思います。そして今回発見された外見が妖精の種族。これはどうも重さを持っていないようです。観測できるほどの質量がないという意味ですけど、計測台からは重量は出ませんでした。同様に、俺の指輪も同じように捉えているようです」

「重さを持たない種族……そんな話は聞いたことがないな。しかも話では、送り込んだ者がいる可能性が高いのじゃろう。まったく雲を掴むような話じゃな」

「ええ。宇宙船のような人工物は発見できませんでしたし、指輪で調べても行き来したような痕跡はありませんでした」

「まったくもって、研究者泣かせな現象だな」

「そうですね。なので、教授も観測はこのまま続けてもらって、何か変化があったら教えてください。こっちはもう少し、未知の種族について調べてみます」

「うむ。それは問題無い。ついでだが、昨日のカール、あやつを連れて行くがよい」

「……えっ？」

「わしの授業のときもそうじゃが、発想が面白い。門外漢ゆえか、本人の資質なのか。思いつかない所をうまく突いてくる。あれは近くに置いておくと、思考が柔軟になるわ。こんなときこそ必要な人材かもしれん」

「そうですか、お借りしても？」

「本人には言っておく」

「分かりました。このあと病院に向かいますので、その後でまた」

「うむ」

俺は馬吾郎教授に別れを告げて、病院に跳んだ。医師が出迎えてくれて、妖精の現状を教えてくれた。

運び込んだときは意識がなかったが、すでに一日かけてエネルギーを吸収したようで、つい先ほど目を覚ましたらしい。

「ですが、少々問題が……」

「……？」

「どうも、声は出ない種族のようです。かといって、念話を使っているようでもないし、コミュニケーションの方法が分かりません。現状では、会話が成立しないのです」

そういえばそうか、俺は今になってその事実に気づいた。未知の種族なら、言語理解のリボンは使えない。

「さて、会話どうしよう」

さすがに名案はなかった。

なので俺は無策のまま、治療室に入った。

「意識はありますし、身体を動かすこともできるようになりました。ですが、まだ治療中ですので、面会は手短にお願いします」

プロカメさんの調査隊は宙に浮いていた姿を見たはずだ。だとすると、四枚の翅で飛んでいたのだろう。それが幽霊騒ぎの発端になったのだが、いまは座っている。飛ぶ余裕はないのかもしれない。

シナを作って座る様は、なにかを思い起こさせる。

「ああ、コペンハーゲンの湖にある人魚像か」

「どうかしましたか？」

「ちょっと、思い出したことがあっただけで」

とくに意味は無い。俺はそう説明して、妖精をもう一度見る。足元にある円盤から、もやのようなものが立ち上っている。解析して再現したという、エネルギーのフィールドだろうか。

その範囲内から出ると、効果がないのだろう。

透明なパネルで隔離されているが、これは逃亡を阻止する檻だろうか。

「逃げるような素振りはありましたか？」

「さすがに自分がいまどの様な状態であるか、分かっているようです。囲いをつけましたが、念のためです。飛べば上部から出ることができるものの、そうする気配もないです」

「上は空いているのですね」

透明だから分からなかったが、たしかに上部は光を反射していない。

プロカメさんはエネルギー不足で倒れたと予想していたが、当たっていたのだろう。人間で言うなら、餓死寸前と言っていた。もやの中にいればエネルギーが供給されるなら、逃げる気もおきないだろう。

「こちらの会話は？」

「伝わりません。ジェスチャーで『待て』、『こっちへ』のような簡単なものは理解できるようです。ある程度共通認識はあるようですが、それ以上は難しいですね。体力がなかったため、他に試すことはしていません。それと、こちらの言語を習得できるリボンですが、装着は実体化していないため不可能です。反対に、こちらへ話しかけることもできないので、今のところ意思疎通は難しそうです」

徒労に終わった時、妖精も残念そうな顔を浮かべたと医師は言っていた。向こうも、会話が成立しないので、困っているようだ。

「このフィールドの中にはいつまでいればいいんですか？」

「数日はこのままがいいでしょう。安静にしていれば回復しそうですし、状態を見て、囲いは外そうかと思います。このフィールドを常時張っておけば、エネルギー不足にはならないでしょう」

　室内にフィールドを発生させる装置を置いておけば、常時食事が近くにあるのと同じことになるのか。

「では先生、引き続きお願いします。俺はなんとか、意思疎通できる方法を考えてみます」

「分かりました。ざっと調査したところ、会話の代わりとなるような電波を含めた何らかの物質を放出していることはないようです。種族同士がテレパシーで会話したとしても、記録など何らかの形で残すものは存在していたと思われます。そうでもなければ、歴史も存在しない、過去のことはすべて口伝でのみ伝わるということになってしまい、ほぼ野生の動物レベルの知能しかないことになってしまいます」

「先生は、そうではないと確信しているんですね」

「ええ、意識を取り戻してからの行動は極めて理知的であり、こちらの立場もよく分かっているようでした。またそれを裏付ける行動も取っていますので」

　例えば、この目の前の妖精が手話の真似事をしてくれたら、空を飛んで紋様を描いてくれたら、口パクでもいいから話してくれたら、解決の糸口にはなる。

「今はまだ何かを試す段階ではないと思います。体力の限界が分からない以上、あまり負担はかけさせたくないのです。本日の面会はこのくらいで」

「ああ、そうですね。また来ます」

俺は病院を後にした。


俺は昨日のお礼を言うために、馬吾郎教授の研究所に行くことにした。

その前に、今までのことを整理しようと思う。昨日は急いでいたため、最小限の説明しかしなかった。俺自身も分かってなかったことも大きいが。

そこでいったん整理する必要があると感じて、ゆっくり考えてみた。

まずあの妖精である。

惑星チャンスに元からいたということはない。いたらさすがに気づく。ではいつこの星に来たのか。やはりあの謎の爆発があった時だろう。時期も場所も一致している。

本人の意志で来たのか、それとも送り込まれてきたのか、偶然来てしまったのか。これは目的と関わることだからよく分からない。ただ乗ってきた宇宙船はない、生体転移陣のようなものを使わない限りは、なんらかの手段で転送されたのではないかと思える。宇宙船がこの星に出入りしたら俺が絶対に気づく。

他に仲間は？　捜索はプロカメさんたちに期待するしかない。

だから捜索隊が組織されたのであって、隠密の得意な種族ではないのだから、他にいたら見つけるのはそう難しくないと思える。

そもそもの問題、あの妖精は何者なのだ？　これは分からない、情報が少なすぎる。

プロカメさんは未知の種族と呼んでいたが、宇宙のデータベースに載っていない種族であることは確からしい。では、一体今までどこにいたんだ？　未知の情報はアップロードされ、共有される。

少なくとも十数万年前から存在しているデータベースであり、種族がまるまる載ってないということはあり得るのだろうか。謎の爆発や地震はこの星内の出来事だが、教授が見つけた、謎のノイズのこともある。

俺はそれらの原因が同一であると考えている。爆発とともに現れた未知の種族。その出現の際、余波で地震や観測機のノイズが起こり、俺たちに感知された。そう考えるのが妥当であろう。

「よし、ある程度はまとまったな」

この話を教授にぶつけてみて、感想を聞いてみよう。

「かなりよいところまで考察している」

俺は教授に自分の考えを告げたら、そう返ってきた。今日は、カールくんも一緒だ。

カール君は昨日、ナイスなアイデアを出してくれた。さすが八百屋の跡取り。

天文を趣味でやらせるにはもったいないぞ、八百屋の跡取り。

「だけど結局、繋がりがありそうなことを導いただけで、検証もしてなければ、確認も取れてないんですよね」

「それは仕方がない。状況を分析しただけで核心に迫るのは難しい。だからこそ、足りない部分を想像で埋めるのじゃ。今の話を聞くと、その部分が足りないな」

「というと？」

「そうじゃな。その妖精は半透明で、質量が計測できるレベルではないと言ったな」

「ええ、精密に測定したわけではないですが、病院にある機器では質量ゼロだと」

「ならば、こう考えることもできる。あの種族は過去もしくは未来から来た。時間の壁を越えるために必要なのは巨大なエネルギーでもなければ、高度な文明でもない。質量のない粒子、それだけだ」

そういえば、ジーン族の乗っていた宇宙船ですら、光速は越えてなかった。いくつものブラックホールを使ったスイングバイ航法で加速し、最終的にウラシマ効果によって数万年先まで来てしまったが、あれはタイムマシンのようなもので来たわけではない。

「では、あれはこの時代にまだ存在していない種族とか？」

「可能性のひとつだな。ただ、未来から過去へ行くには理論としてはあるのだが、実現不可能とされている」

「それはどうしてです？」

「可能であるなら、すでに多くの未来人達がやってきておる。だが、過去からどのようなデータを見ても一度たりとも未来からやって来たという証拠がない。ゆえに未来から過去へは、まだ発見されてない何らかの障害があると言われている」

　これは地球でもよく言われている話なので理解できる。未来からの来訪者がただの一例もないのだ。実現可能性を否定するには充分な証拠となる。

「ということは、あの妖精は過去からきた……」

「いやいや、可能性の話だ。足りない部分を想像で埋めるとは、そういうことだ。あり得そうなもの、あり得そうでないもの、なんでもよい。考えて進んでは破棄して原点にたち戻る。それを繰り返しながら真実へ近づいていこうとするわけじゃ。パッと思いつくのはそのくらいじゃが、カール。お前さんはどうだ？」

「えあっ⁉　ぼ、僕ですか……」

　あいかわらず気が弱そうな青年だ。

「えっ、えーとですね。例えば、より高次な存在……とか？」

「工事？」

「土木作業とかではないです、すみません。三次元世界ではなく、例えば四次元、五次元といったような存在かなと」

「ほう、どうしてそう思うんじゃ？」

教授が面白そうに聞いてくる。

「じ、実際に見たわけでないし、話を聞いただけなので、適当に話しちゃってるんで自信ないですけど。二次元の世界って高さがないじゃないですか」

カールくんは紙を一枚机の上に置いた。

「なので三次元は二次元の世界から認識できないんですね。例えばこれはただの長方形であることは分かります」

紙の上に箱を置いた。

紙と接している部分は確かに長方形だ。

「けど、長方形であることが分かっても、全体が分かったわけではないと思うんです」

今度は、そばにあった置物を紙の上に置く。

置物はインドの神様がポーズをつけているような感じの、センスを疑いたくなるようなデザインだ。

「この置物、台座がついてますけど、これも長方形なんですよね。そうすると箱と置物の区別が、二次元の世界だと付かないいんです」

紙と接している部分は確かに両方とも長方形だ。

「よく高次元の存在とか言葉では出てきますけど、それって本当に高次元かどうかなんて、三次元の中では認識できないし、どうがんばっても僕らには分からないと思うんです。なので、その妖精ですか。それが四次元以上の存在だとしても、三次元で認識できる部分が質量のない妖精であって、本当の姿というのかな、もっと本質的な部分は、僕らには理解できてないかもしれないと」

「確かに次元がひとつ違えば、意思疎通などできるはずはないな」

教授はニヤニヤしている。

「なるほど、四次元以上の存在か」

その発想はなかった。

「いや今回はたぶん違うと思いますけど」

「えっ？」

「どうしてじゃ？」

「次元が高ければ高いほど、より多くのエネルギーを必要としますから」

「うむ、その通りだ」

馬吾郎教授が大きく頷く。カール君がホッとした表情をしたけど、ふたりの間では意思疎通ができたようだ。

あれ？　俺だけ次元が違う？

「えっと、今の話はどういう意味？」

教授は、悪い悪いと言って、説明してくれた。

「二次元より三次元の方が移動、構成、伝達など、なにをしても、エネルギーが余計にかかるのじゃ。だからその妖精のようにエネルギーが低い存在は、高次元ではありえないという単純な結論になる」

さすが教授、素人に分かるように話して欲しい。いまだ意味が分からない俺に、カールくんは詳しく話してくれた。

「教授が使っている腕輪型の通話機ですけど、原理的に一次元の世界を仮想的に構築して通話が可能になってます。これが三次元ですと、こんなに小さな動力では通信は不可能でしょう。ちょっと図を描いてみますね。……一次元と二次元、うん、こんな感じに力が必要で、次元があがると、三次元の場合、必要なエネルギー量は距離の二乗に反比例するんです」

カールくんは、紙に略図と公式を書いてくれた。似たようなのを高校の物理の教科書で見た気がする。

ふたつの電荷の積に比例し、距離の二乗に反比例……電荷を質量に置き換えると万有引力のときに使える公式に変わるんだっけか。

「もし電波で例えるなら、空中を飛ばせば距離の二乗に反比例してエネルギーが減衰しますから、遠くなれば中継地点が多数必要です。これが二次元なら距離に反比例、かなり減衰は押さえられます。一次元ならば、減衰はありません。光ファイバーのようなところを通ると思ってください」

なるほど、それなら分かる。

「逆に、四次元があって僕らがその場所を使えたとしても、距離の三乗で反比例してエネルギーが減衰していきますから、とても実用的ではありません。五次元だと距離の四乗です」

「あれ？　とすると、ときどき四次元の世界を通ってとか、念話とかテレパシーはより高次元だから一般人には認識できないとかあるのは？」

小説や漫画の設定で、よくあったはずだが。

「四次元の世界を使ってワープとかありえません。普通に移動した方が時間もエネルギーも節約できますし」

四次元ワープ装置は不効率なのか。子供の頃の夢がまたひとつ潰《つい》えた。

「というわけで、エネルギーから見ればとても高次の存在とは言えないのですが、だからといって、高次の存在である可能性もまたゼロではないとお話しただけで……」

「まあこういう面白い発想をする奴じゃ。一応わしとの繋ぎという意味を込めて、同行させてほしい。本人にも了承はとってある」

「分かりました、俺は専門的な部分は分からないので、頼りにします」

こうして、カールくんは俺預かりとなった。八百屋の跡取りだけど。

カールくんを連れてプロカメさんのところへ行った。

◯

発想が面白いので、俺預かりになったわけだけど、馬吾郎教授だって何を考えているか、よく分からない。プロカメさんは引き続き他に妖精さんがいないか探してもらっていたが、成果はなかったという。

「そっか、残念だね」

「目撃情報のあった辺りを中心にカメラを設置しといた。動く者があれば映像が転送されるようになっている。だが少なくとも今日までひっかかるものはなかったな」

「やっぱり、ひとりだけだったのかな」

「そうかもしれんの。こんな森だ、はぐれた訳でない限り、一緒に行動するであろう。乗り物を使わない限りは遠くへ行くのも難しい。……そっちの状況はどうであった？」

「病院で意識は回復した。やっぱりエネルギー不足で衰弱していたみたい。だけど、会話ができないんで、どうやって意思疎通をはかるのか、そこから考えないと駄目かな」

医師の話をプロカメさんにすると、「そうかリボンが使えんか」と残念がった。

「だが、難しいことでもやらねばならんな。原因究明は、その未知の種族にかかっていると言って良い」

「そうだね。さてどうしよう」

プロカメさんと話しても、やはり早く意思疎通が出来た方がいいという結論になったが、その方法がない。

「そうだ、紹介するね。彼はカール君といって、いま一緒に行動しているんだ」

「カール殿だな。よろしく、我はダヴィエフン・ロウグディエという。古代遺跡などを専門に調査している」

「よ、よろしく。カール・長船《おさふね》です。地球から来ました。あの……移住というやつで」

「緊張しなくてよいぞ」

「はひ、すみません、すみません」

「稔殿……」

「まあ、カールくんは少し腰が低いのと、自分に自信が無い感じかな。でも面白い発想するっていうんで、研究所の所長からは評価高いんだけどね」

「ふむ……そうか」

ぺこぺこと頭を下げるカールに、プロカメさんは大丈夫かこいつみたいな顔をした。最近はカメの表情も分かるのだ。

「それで未知の種族の件だが、明日、我も同行しよう。我は対話を想定した機器も持っておる。

それを使って試してみたいのでな。いくつか計器も持ち込むことになるが、病院の方は大丈夫かな」

「うん、話しておく。妖精さんの方も、体力も回復しつつあるようだから、平気だと思う。じゃあ、明日迎えにいくね」

「頼む」

　翌日俺は、プロカメさんとカールくんを連れて病院を訪れた。医師は他の診察があるからと、同席しなかった。

　三人で昨日の部屋に入ると、ずいぶん調子のよくなった妖精さんがいた。囲いはすで取り払ってある。

「怯えている感じではないいな。目撃情報から、接触を避けるようなそぶりがあったので気にしておったが」

　きっと心細かったんだと思う。それか、あまりにかけ離れた種族が現れたので、怖かったとか。

「そうだな。では早速始めるとするか」

　プロカメさんの持ってきた計器類は、空中を漂う様々な電波をキャッチするもので、病院にあるものよりも検知できる種類も多く、より微弱なものでも拾うことができる。

　プロカメさんが計器を設置している間に、俺とカールくんが対話を試みるが、どうもうまくいかない。

「やっぱり駄目か。あとはテレパシーで直接脳に送っているとか、そういうたぐいしか思いつかんわ」

「うーん、もしそうならお手上げ？」

「であるな」

「困ったなぁ。カールくんはどう思う？」

「そうですね、ちょっと思ったんですけど……」

「ん？」

「いや……」

「何でもいいよ。言ってみて」

「ええ……でも本当にささいなことですし」

「カール殿、その些細なことが、突破口になるかもしれんのだ。問答する問があったら、言ってみるのがよいぞ」

「はひ、すみません」

じっと待っていると、カールくんはぽつりぽつりと語りだした。

「こっちから話しかけるとき、この妖精さんは話し相手の方を向くんですよね」

「……それで？」

普通だよね。

「それだけです、すみません」

カールくんは自信なさげに謝った。

「確かに話しかけられたら、声のするを向くが、それは普通のことではないか？」

「そうだね、犬でも猫でも音の方を向くし。たとえ喋らない動物でも、獲物や敵を判断するのに耳を使うから、口と耳の発達は相関関係はないかな？」

それでも俺が話しかけると、確かにこちらを向く。耳はよく聞こえているようだ。

ただし、口を開かない。喋って意思疎通するという習慣がないみたいだ。

「カール殿は、なぜ先ほどのことに注目したのだ？」

「えっと……口は動かないし、表情は変わらないし、でもまっすぐこっちを見るから、何かあるのかなと」

「そういうことか。対話が成立しなかった理由。口や表情でなければ、あとは目……かな」

「そうだね、目は口ほどにものをいうっていうし」

眼力《がんりき》は馬鹿にしたものではないと思う。

「「………目っ⁉」」

プロカメさんとカール君が目を見張った。

「稔殿、話しかけてもらえるか。我は、目をモニターするでの」

「分かった」

俺は正面に立って、ゆっくりと話しかけてみた。

その間にプロカメさんの計器はすべて妖精さんの目に焦点が合わせられる。続いてカール君も同じように話す。

妖精さんはカール君をじっと見つめる。これで何が変化があるだろうか。

俺たちが交互に話しかけた結果、プロカメさんの設置した計器は思いがけないものを拾っていた。

「虹彩《こうさい》か」

人の場合、指紋と同じように、虹彩で個人を識別できると聞いたことがある。

計器は、俺たちが話しかけた結果によって、虹彩が変化する様を捉えていた。

「虹彩で会話をしているってこと？」

虹彩が会話で変化するまでは理解した。だが、それはいったいどういう意味を持つのだろうか。

「会話であろうな。原理は分からんが、水晶体の部分が特殊なのだろう。自身の意志で自由に変化できるようだ」

瞳をモニターしてアップで見ると分かるが、わずかだが部分的に瞳の色の濃度が変わる。

「普通に見ても分からないよね」

「同種族であれば、より鮮明に見えるのかもしれんな。宇宙には紫外線のみを判別する種族もおるし、真っ暗闇でも形を認識できる種族もおる。虹彩で会話する種族がいてもおかしくはない」

「それで、なんとかできそう？」

お互いに会話が成立すれば、今までの謎が明らかになるかもしれない。

「サンプルを多数取得すれば大丈夫であろう。いまのところ左右それぞれ三十二通りのパターンが観測できる。両目を合わせて六十四通りだ」

「つまり六十四ビットですね」

「六十四進数ということだな。となれば、組み合わせは膨大であるが、コンピューターの得意分野だ。解析は容易であろう」

俺たちはこの発見を医師に告げた。医師は大層驚いたが、納得してくれた。

声帯もなく、身体の一部を使って音を出すこともできない。ならば、ジェスチャーのような、肉体を使っての対話手段があるだろうと思っていたらしい。

翌日、プロカメさんが妖精の目と似たような大きさで、似たような装置を作ってくれた。

医師と言語学の研究者が立ち会い、パターン分析を行うことにしたようだ。地球でやれば数ヶ月もしくは数年かかるであろう作業も、一週間もあれば終了するという。

一週間後、俺たちは再び集結した。

今度は医師も同席し、俺たち四人と妖精さんを入れた五人で話し合うことになった。

すでに多くのサンプリングが済んでいる。完全な翻訳とはいかないが、満足できるものができあがったらしい。

「これがそうですか？」

「うむ、少々巨大になったが、虹彩の変化を読み取り、音声として出力する装置と、我らの言葉を虹彩と同じような信号《パルス》に変換する装置だ」

ちょっとした大きさの、ゲーム機みたいな外見をしている。ピザケースみたいだ。となりに大画面のテレビがあると思ったら、こっちは言葉を信号に換える変換器と出力装置だそうだ。虹彩を表現するために、この大きさがどうしても必要らしい。

こちらが話したことを信号にして送り、逆に相手の信号をこちらの言語に変換して送ることができた。

どのようにして最初の対話を成功させたのかというと、自然界にある様々なものの写真を見せ、相当数の名詞を記録した。こちらの言語のどれと似ているか当てはめた後、徐々に語彙を増やしつつ文法を理解していったのだという。

ちなみに、妖精さんの身体が半透明なため、瞳に見える些細な変化は最初だれも気づかなかった。カールくんのヒントがなければ、まだまだ時間がかかったことだろう。カールくんを貸し出してくれた教授に感謝したい。いや、カールくんにも。さすが八百屋の跡取り。

少しずつ対話を繰り返していった結果、妖精さんの正体も分かった。

ある意味当然ではあったのかもしれない。もちろん、驚愕《きょうがく》ではあるけれども、プロカメさんが検索してくれた結果が、その証明を後押ししてくれた。

妖精の名前はイリン。女性である。

全員がイリンと同じ特徴をもった一族を総称して、シーリン族というらしい。で、どこから来たのかというと、なんと別の宇宙らしい。

「別宇宙……存在はあるかもしれんと思ってたが、まさか本当にあるとは。しかも俺の星にやって来るとは……」

この星はどれだけ特異点なのだと、オレは驚き、プロカメさんは呆れた。

イリンとの会話はすべて電子機器を使って行われる。

なので、実際に会話をしているわけではなく、機械音声を聞いているだけなのだが、対話の精度があがった後は、誤変換はほぼないだろうということだった。

その段階で、イリンが知る話、つまり別宇宙について語ってもらうことにした。

別宇宙というだけで驚きなのに、イリンの話はさらに衝撃的だった。

『私たちの宇宙を助けてください』

イリンは、俺たちにそう訴えかけた。

どうやら彼女の住む宇宙はすでに滅びを迎えており、生き残った種族も、生きてゆける範囲も極めて限定的であるという。万難を排してようやく別宇宙に行く技術が出来たが、それを実行するエネルギーが足らない。

なんでも宇宙を渡るのに膨大なエネルギーが必要らしく、いま残っているものをかき集めても全然足らないらしい。

「それならなんで、イリンはこっちの宇宙に来ることができたの？」

『それは私の種族が、質量をほぼ持たないからです』

地球で人が宇宙に行くには重力圏を脱する必要がある。そのとき、質量をできるだけ軽くするのは至上命題だと聞いたことがある。

そういうことなのかもしれない。

イリンの質量はほぼゼロ。そこらに漂う気体分子となんら変わりはない。ゆえに選ばれたのだという。

それでも恒星いくつかを犠牲にするレベルのエネルギーを必要としたとか。

『もう二度と無理でしょう。私が最後の希望なのです』

この小さな妖精さんは、宇宙の命運を背負ってきたのだという。

だから、絶対に死ねない。自身の死が宇宙の消滅と同義なのだから。

この星に出現した時、なんとか文明の発達した場所まで行こうと思ったらしい。だが、行けども行けども森しかなく、自分を見つけて騒ぐ種族に見つかり、捕らえられるかと思って逃げたのだという。

「なるほど、捕まったら使命を果たせなくなると思ったわけだね」

結局力尽きて倒れてしまったのだから、あまりかしこい選択とは言えないと思うが。

聞いたところ、種族の中でも一番軽いイリンが選ばれただけで特殊な訓練は、受けてないそうだ。

それほどまでに、別宇宙に行くのは大変らしい。

「よし、力になれるかどうか分からんが、協力はしよう。なにしろ、別宇宙の存在を今日初めて知った身としては、どこまでできるか皆目分からないのが本音だ。だが、この星を見ても優秀なのがいるしな、何か光明はあると思うぞ。だから、そちらの宇宙で起きたこと、お主がここに来ることになった詳しい経緯などを話して欲しい」

『……ありがとうございます』

イリンはそう礼を述べた。機械音声ではあるが、俺の耳にはその言葉が心地よく響いた。

森に現れた幽霊は別宇宙からのお客様で、俺たちに助けを求めてきた。

「そんなこと、分かるわけないよな」

まさかこんな展開になるとは！

宇宙は広い、そう思っていたが、本当に宇宙は広いと思った。

まだ他にも宇宙があったなんて……。

第三章　別宇宙からの来訪者

『事実は小説より奇なり』を実感することは、生涯それほど多くないと思う。だけど、今回は確実にそれを痛感した。

　こことは違う宇宙がある。もうひとつの宇宙だ。

　理論上は存在するとされていたが、確かめる手段は持ち合わせていなかった。宇宙のどこへでも行ける技術があっても、『宇宙の外』へ行くとのは、まったく別な理論であるらしい。

「……で、そんなわけなんだけど」

　俺はリーダーのもとを訪れ、今までの経緯を説明した。

　謎の地震や爆発の調査からはじまり、森での幽霊騒ぎ、保護した未知の種族と意思疎通ができたこと。思い出せる範囲で、すべて話した。

　リーダーは最後まで黙って聞いてから、おもむろに俺の肩を叩いた。

「この程度なら、稔。オレの力は必要ないんじゃないか」

「…………えっ⁉」

　青天の霹靂《へきれき》だった。リーダーに断られた。

　唖然としている俺に、リーダーはなおも続けた。

「つまり別宇宙の危機ってことだ。その幽霊みたいな種族は、それをなんとかして欲しいとこの星へ来た。だったらな、稔。それはおまえが頼まれたと同義だ。別宇宙からの来訪者が来たのはこの惑星チャンスだ。そして星の守護者はおまえだ。だったら……別宇宙くらい、おまえが救ってやれ」

これは見捨てられた？　リーダーは俺を見限ったの？　でもリーダーに限って、それはないと思う。だったら、信頼された？

いまの言葉だけじゃリーダーの心の中は分からないけど、少なくとも手を貸すつもりはないようだ。それだけは理解できた。

「わ、分かった？」

「なんで疑問系なんだ」

「いや、あ、あまりに予想外な回答だったので」

「大丈夫だ。やってみろ」

もう一度、俺の肩を叩いてから、リーダーは途中だった作業を再開した。

この件はもう関係ないとばかりに、こちらを振り向くこともない。

さてどうしよう。

龍彦や志乃たちを地球から呼び寄せるか？　たぶん、リーダーは俺のことを過大評価している。俺に宇宙を救えるほどの力はないし、知識もない。

俺ができることは、それほど多くない。この星の上から離れたら、ただの人と変わらないというのに。

もう一度【緊急《オーダー》】を出せということか？　リーダーはそれを待っている？

【緊急《オーダー》】ならば、メール一本で事は足りる。

すぐに全員が集まってくれるだろう。そして、問題の解決まで力を貸してくれる。

だが俺は、それをしないで、この星で知り合った人たちと事にあたることを決めた。

きっとリーダーはそうして欲しいのだと思ったから。


俺は馬吾郎教授のもとまで跳んだ。

教授は授業中だったので、しばらく時間を潰すことにした。

時間はたっぷりある。さっきの話をよく考えてみよう。

別宇宙を救うにあたって、リーダーの助力はアテにできない。なので、この星にいる人たちに力を貸してもらおう。俺ひとりじゃ無理でも、何人もの人の頭を合わせれば、名案が浮かぶかもしれない。

そこまではいい。

馬吾郎教授とプロカメさんは協力してくれると思う。

「……ほかに、誰がいるだろう？　なるべくいろんな人の意見が聞きたいんだけど」

方針は決まったが、イリンの願いを実現させるには、問題がいくつもある。

星を救う……それならば分かる。住人を別の星へ移住させるか、強制的に惑星改造すればいい。

星系を救う。そこまでいくと難易度は跳ね上がると思う。なんとかやれるかも知れないが、多くの協力が必要だろう。

銀河を救う、または銀河団を救う。それはほぼ不可能だ。その手段すら思いつかない。

では、宇宙を救うには？

「…………な、難問だ」

難問過ぎて、どこから手を着けたらいいのかすら分からない。

「まずは、馬吾郎教授とよく話をして、イリンにいろいろ聞くことからかな」

その上で現状を整理しよう。よし、なんとなくだけど、直近の目標ができた。

そろそろ授業が終わる頃なので、俺は教授の研究室へ足を運んだ。

「……そういうわけで、『第一回、イリンと一緒に宇宙を救おう会』を開催します」

参加者はイリンと俺とカールくん、プロカメさんに馬吾郎教授の五名。とりあえず最少人数で集まってもらった。

ちなみに、ワー、パチパチパチパチとか欲しかったけど、誰もやってくれなかった。

『その、第一回というのは何ですか？』

　おっ、イリンがいい突っ込みをしてくれた。

「こういう集まりのときに、最初にナンバリングをするのが様式美なんだ。まあ、気分の問題かな。別に気にしなくてもいいよ」

『様式美ですか』

　よく分かってない雰囲気がイリンから発せられた。なにげにこの翻訳機、優秀なのか。

「それでね、イリンがいた宇宙を救おうにも、いろいろと分からないことだらけなので、詳しく聞きたいんだ。いくつか質問するから、答えてくれるかな」

『はい』

　いい返事だ。さっそく俺はメモを読み上げた。

「まずは、イリンの種族について聞きたいんだ。シーリン族でよかったよね。そっちの宇宙にはどのくらいいるの？」

『もともと多くはいませんでした。私がこっちに来る時には、もう七百名ほどしか生き残っていませんでした。このままですと、種族として存続できる最低数を下回ってしまいます』

「そっか、以前はもっと多かったということだね。それもみんな宇宙の終焉《しゅうえん》と関係があるのかな？」

『そうです』

「じゃあ、その辺のところを聞きたいんだけど、イリンの目的は、宇宙を救える人を見つけるためでいいのかな？」

『いえ、私たちを救って欲しいのは合っています。ただ、もう私がいた宇宙は、元に戻らないと考えています。ですので、いま生き残っているみんなを別宇宙へ移住させてほしいのです』

「そうなのか。どのくらいの種族が生き残っているか分かる？」

『二十以上の種族で、合わせて二十万人ほどだと思います。まだ宇宙のどこかに二万人ほど、いるのではないかと言われています』

「ふむ。少ないのう」

プロカメさんはここで初めて口を開いた。

「やっぱり少ないかな？」

「普通、星ひとつで数億は存在しておるだろ？　それを考えると、宇宙全体で二十万人とは、ありえんほどに少ない」

「でも、見捨てるには多いよね」

「うむ。脈々と続いた種が絶えるのは見たくないのう」

「こっちの宇宙に移住したいというのは分かった。少なくともこの宇宙は、たかだか二十万人を受け入れられないほど小さくはないし、最悪この星で過ごすこともできるからね」

二十万人とすると、町ひとつ分くらいか。そう考えると、宇宙すべての人口とすれば、あまりに少ない数だと思う。

『ありがとうございます』

「ただ、宇宙を移動する方法がないんだ。その辺をどうするかだけど、何か案はある？」

『私が選ばれた理由の一番は、質量の軽い種族だからです。そのほかにも技術を伝えるのに一番適しているからでした』

「技術を伝える？」

『はい、私の一族は文字を持たず、記録をしません。外部記録を使わない代わりに、代々知識を受け継いでいきます。それを使って、いろいろお伝えできる準備をして来ました。ですけど、こうして会話をすることになるとは思いませんでした』

　どうやら、最初からメッセンジャーという役割を与えられていたようだ。それを俺たちが会話するために意思疎通を図ったので、こうして現状を話してくれたらしい。

「そこまで話したということは、信頼されていると考えていいのかな。……それで、俺たちに伝えるというのはどうやって？」

『託せる人に出会ったら、渡すようにと内容はすべて記憶しています。瞳の信号《シグナル》にて、お伝えできます』

「そうなんだ、ちょっとやってみてくれる？」

『○◎×％＃＃■＄！△？〃　＃◎＆……』

スピーカーから意味不明のノイズが流れ出した。

「……ああ、ごめん。機械が変換できてないみたい」

「ふむ。バイナリのような感じかの」

「ならば、わしが解析しよう。記録できるか？」

馬吾郎教授が目を輝かせた。

「この会話もすべて記録してあるから、大丈夫だと思う」

「なら、そのデータをわしの端末に送ってくれ」

馬吾郎教授は、この手の変換は慣れているという。

『では、**最初から**』

「うん、お願い。……っと、その前に外部スピーカーは切った方がいいかな」

俺はスイッチでスピーカーを切った。イリンの瞳が忙《せわ》しなく動き、それを機械が記録し続けていく。

数十分ほどで終了し、集まったデータは言われた通り教授の端末に送った。

「イリンの協力があれば、数日のうちに解析は終わろう。ただ、『解読』できるかどうかは分からんがな。カールよ、さっそくとりかかるぞ」

「はいっ」

馬吾郎教授は、カールを連れて出て行った。

三日後、馬吾郎教授から解析に成功したと報告が入った。

研究室にいくと、この前の謎なデータはすでにレポートにまとめられていた。

「どんな感じですか？」

「意味あるデータに変換し終えられたといったところだな。ゼロとイチの組み合わせの生データをそのまま記憶していた。平文《ひらぶん》だと長くなるから、圧縮がかけてあった。そのために少々手間取ったが、おそらくはこの程度も解析できなければ、中身を見る資格もないということかもしれん」

試されたのかな？　向こうも切羽詰まっているのにご苦労なことだ。

「で、どんな感じなんです？」

「まずレポートを見てくれ」

「これですね」

俺はレポートに目を通した。

最初のページをめくると、ことの起こり、つまり宇宙の終焉について書かれていた。

宇宙の異変は唐突だったという。予兆はなかった。計器の類はアテにならなかったらしい。

物質の分子運動が減衰し、ほどなく停止する。そんな現象が宇宙の隅っこで確認された。

分子運動の停止、それは有機物無機物問わず、逃れることのできない永遠なる死であった。原因を探るべく派遣された宇宙船は、みな帰還することはなく、無人探査機もまた同様であった。

宇宙の片隅で何がおきているか、皆目見当もつかなかった。未知の恐怖は、多くの種族を不安にさせた。

この謎の現象は、ものすごい速さで宇宙全体へと拡散していった。そう、気づいたら数多《あまた》の星系が飲まれ、死んでいった。

多くの種族がこの危険性に気づいたときにはもう、手の施しようがなかった。

「逃げよう」

そう思うものの、どこへ逃げればいい？　その頃には、宇宙の至るところで異変が見られた。当初それは『宇宙の熱死《ねっし》』ではないかと思われた。だが、熱死にしては進行が早過ぎる。それに何も予兆の無かった宙域に、突然熱死がおこることはありえない。

では何なのか？　答えが出ぬまま多くの種族が、星が、銀河が、飲み込まれていった。

今いる場所から遠くへ逃げた種族もあった。だが、移動中に異変の場所を通ればそれでお終いである。宇宙は急速な死を迎えつつあった。

この異変は計器では観測されず、ただ自分を含めた周囲の分子運動が減衰し、そのまま停止する。見えぬ敵にどう逃げればいいのだろうか。いつしか彼らは逃げるのを止め、己が運命を諦《あきら》めた。

一部の者たちは希望を捨てず、どこか別の宇宙に避難する研究に入った。

生き残ったすべての科学者、物理学者などが協力し、一丸となって、あらゆるものを使い、ひとつの仮説を作り上げた。それが、『外殻《がいかく》宇宙理論』である。

寝食を惜しんで行われた研究の結果、多元宇宙や平行宇宙などの存在は否定され、唯一残ったのが、この外殻宇宙理論であった。

それは宇宙をひとつの卵と考えたら、別の卵がある。つまり同じような宇宙がどこかにあると考える理論らしい。

もし別の宇宙が発見できたとしても、中から殻を割るのは難しい。この外殻宇宙理論を元に別の宇宙へ行くのは、理論上不可能だった。絶望が支配した。

だが、ここで生き残った種族に、奇妙なのがいた。

シーリン族という、質量をほとんど持たない種族である。

音や電波を発生させるような器官もなく、ただ瞳の一部の濃淡を変えることによって会話する希有《けう》な種族であった。この一族ならば、外殻宇宙理論に則って別宇宙へ助けが呼べるかも知れない。最後の望みを託して、シーリン族に宇宙を渡らせる計画を練った。

何者も卵の殻を越えることは不可能。だが、卵は呼吸している。質量を持たない者ならば、より小さなエネルギーで殻を通過できるかもしれない。

月日は流れ、宇宙は徐々に死に向かって進んでいく。

多くの種族が飲み込まれ、消滅していく中、研究は一応の完成を見た。

別宇宙転移装置、そう名付けられた機械は、稼働させるだけで恒星数個分のエネルギーを使うことが分かった。計測できないほどわずかな差異の質量ですら、指数関数的に必要なエネルギーが増加する。そんな現状では、シーリン族すらたった一体、それも一番軽い者が限界であった。

この宇宙で生き残った者を転送させることは叶わない。ならば、たったひとりでも別宇宙へ赴き、そこで助けを求めてはどうだろうか。

もしかすると、その宇宙では、他の宇宙へ赴けるような技術があるのかもしれない。

もちろん、そう都合よくいくとは限らない。宇宙は、気が遠くなるほど広いのだ。

たとえそんな技術を持っていたとしても、出会えない可能性の方が高い。

それでも、座して死を待つよりよっぽどいい。

こうしてイリンは全宇宙の希望を託されて、宇宙を渡ったのだ。

俺は静かにレポートを閉じた。

宇宙の終焉と、それに抗《あがら》う彼らの思いが、このレポートには詰まっていた。

このあとのページからは、別宇宙転移装置の原理的な説明が載っている。さすがにそこは読んでも分からない。

「これ、もしこっちから向こうの宇宙に渡ろうとしたら、どれだけのエネルギーが必要になるの？」

「必要なエネルギーは変わらんが、宇宙船を渡らせようとしたら、天文学的数字というものを越えるだろうな。そのときは、新しい単位が産まれるかもしれん」

プロカメさんは恐ろしいことを言った。

○

宇宙人ダヴィエフン・ロウグディエは、地球でいうところのカメである。

カメは池に棲み、コケや小魚を食す爬虫類だと、かつて稔殿は語った。

それを聞いた時、ダヴィエフンは、言いしれぬ笑いがこみ上げてきた。

「ああ、その星は環境が穏やかなのだな」

そう思った。地上は穏やかで豊かなのだろうと。

深い、深い水の底。その底に溜まった泥土の中で、我が一族は世代を重ねた。泥水の中で『思考』することで文明を築き上げてきた。

我が星では、水中や地上は荒れた環境で、知恵ある生き物は生存できなかったのだ。ゆえに、何者にも侵されない深い水の底で、我が祖先は『思考』した。

「よぉ、相変わらず辛気くせえ顔してんな」

やって来たのは、冴《さえ》という稔殿の仲間のひとりだ。

稔殿は、彼女のことをリーダーとよく呼んでいる。我はゆっくりと端末から離れた。

「久しぶりだな、冴殿」

今はいくつかの島で、地球原産の動物を、この星に馴染ませようとしていると聞いている。

「んー、まあな。久しぶりだっけか。あまり覚えてねえわ」

韜晦《とうかい》しているようだが、忙しい身の上でここに来るのだ。何か用事があるのだろう。

冴殿は普段、けっして本心を明かさないが、大事な時にはあけっぴろげにすべてを語る。逆に稔殿は何も考えてないようで、実はかなり深いところまで考えているように思わせて、結局何も考えてない。どちらも相手をするのに我は苦労する。

「そちらは順調で?」

「ああ、問題はとくにないな。そもそもオレより優秀なのがいるからな、全部任せてるぜ」

カカカカと冴殿は笑った。

「……のわりには、このたびの稔殿のお話。断ったようだが」

今の言葉にどう反応するかを盗み見たが、とくになかった。

「だってありゃもう、人の領分越えちゃってるだろ？」

そう陽気に語る冴殿には、気負いもない。

「稔殿の話だと、別宇宙くらい救ってみせろと言ったとか」

「まあ、そう言うしかなかったからな。だが、オレのできるのはこの星レベルが限界だ。宇宙ひとつどうこうってのは、正直無理だ」

冴殿でなくても、無理だろう。正直、我ですらどうしていいか分からない。

「そこまで承知していて、稔殿ひとりにやらせたのか？」

それにしても話がかみ合わない。仲間が大変ならば、何をおいても手助けするのが筋ではないだろうか。

「奴も心底助力が必要なら、もう一度オレのところへ来るだろう。だが、ひとつの可能性として、この時期、この星へってのが気になるわけだ」

「稔殿でしか宇宙を救えないと？」

「いや、そうじゃねえ。この星に他の星から移住者が来て、そのあとも地球からの移住が開始された。雑多でまだ統一されてないが、いまこの星には多種多様な種族がいる。その直後に外宇宙から来たっていうことは、いまこの星にいる連中が必要なんじゃねえかと思ったわけだ」

冴殿の表情は変わらない。内心どう思っていようと、顔や態度に出ないのだろう。

「だが、それでも心配だと。冴殿はそう思って、ここへ来たわけだな」

「まっ、それでもいいぜ。……実際のところ、どうなんだ？　他の宇宙なんて行けるものなのか？」

「シーリン族がもたらしてくれた技術ならば可能だ。だがそれはあくまで机上のもの。移動に必要なエネルギーが質量に依存するために、現実的でないがな。それを克服しない限りはこちらからは手も足もでんよ」

「ジーン族の生体転移でもか？」

「あれは座標依存だから、別の宇宙の座標軸にはまったく通用しないな。まだ我々の技術で他の宇宙へ行ける船を拵《こしら》えた方が現実的だ。それでもイリンのもたらした技術を大急ぎで解析して、なんとか実用的なところまで開発せねばならん」

「そうか、道は長いな」

「うむ。だが、向こうはそれほど時間が残されてないかもしれん。それに宇宙終焉の原因が不明というのも不気味だ。手遅れになった場合、何が起こったのか分からないままになってしまう。それは、いつ我らの宇宙が同じ道を辿《たど》ってしまうのか分からんし、対策も立てられん。戦々恐々としながら生きて行くことになるからな」

「オレたちの宇宙のためにも……か」

「現金な話だが、その通りだ」

その後、いくつかの雑談の後、冴殿は帰っていった。

何しに来たのか、今回ばかりはよく分からなかった。

我は冴殿が帰ったのを確認すると、先ほど続けていたデータベースの検索を開始した。宇宙に起こった異変、それについてのひとつの仮説が出来上がりつつあった。

もちろん、裏付ける証拠は何もない。こうしてデータベースから過去の、つまり数万年前から十数万年前の記録を読みあさっているが、この宇宙では、仮説を確かめる術はない。それでも仮説に仮説を重ねると、あるひとつの結果が導き出される。

「外れて欲しい仮説ほど当たると言うつもりもないが、今回ばかりは外れて欲しいものだな」

データベースの情報を使ったシミュレーションの結果、宇宙の終焉の原因として、たったひとつの名前が画面に映し出されている。最凶と呼ばれたその種族の名前が。

○

研究室の一室でイリンはゆったりと自身の回復に努めていた。

シーリン族は、大地から放出される微量なエネルギーを吸収して生きる。今回、選ばれたのは、質量が限りなくゼロに近いことや、瞳を使ったデータ送信ができることなどが大きな理由だが、もうひとつ外せない理由があった。

それは、独力でエネルギーを吸収できること。植物由来の種族は、光によってエネルギーを得られるが、シーリン族は大地の放出されるエネルギーのみで生きることができる。その汎用性の高さは宇宙随一であると思っている。

星からエネルギーをもらい、半永久的に活動できる。それは荷物を持って行けないイリンにとって、大きなアドバンテージであった。

宇宙を渡った先がどうなっているか分からない。

そのため、事前に波を打ち出し、居住可能な場所が引っかかったら、そこへ出現するように設定された。

あとで聞いたら、宇宙空間に見知らぬ波が観測されたとかで、ずいぶんと警戒されていたようだ。

運良くこの星に出現できたのはよかったと思っている。

思ったより星が開発されてなく、もしかしたら文明が進んでいない星に来てしまったのかと心配した。その場合はどうしようもない。宇宙の命運はそこで終わってしまう。

イリンがヘマをして死んだり、捕まったりした場合も同様だ。

ファーストコンタクトは慎重にしなければならないと考えていた。だから、イリンを捜し出して捕まえようと、ギラギラしたオーラを出した種族が来た時は、隠れてしまった。

絶対に捕まってはならない。そう考えて。

対等な存在として相対しなければならないと、自分に言い聞かせた。この星の住人はどんな相手なのかと隠れて見ていると、イリンの身体に異常がおきた。力が入らない。どういうことなのかと、困惑した。

未知の病原菌に冒されたのか？　変な電波でも拾ってしまったのか？　しばらくしてその異変の正体に気づいた。

「……体内のエネルギーが枯渇している⁉」

初めての経験で分からなかったが、どうもこの星からは、エネルギーを吸収できないらしい。いや、星からエネルギーが放出されてないみたい。そのことに気づいた時にはもう遅く、イリンは身体を動かすことができなくなっていた。

どうすればいい？　吸収できそうな場所を探して、あちこち移動した。

無駄だった。この星はどこからもエネルギーが放出されていない。

そしてついにイリンは意識を失った。

病院のようなところで、気がついた。エネルギーフィールドの中に入れられていたのを確認する。良かった。助かったのだ。そう安堵した。

この星にはちゃんとした種族がいて、高度な文明が作られていたようだ。すぐに気づいてくれて、なんと機械を通して会話ができるようになった。この星の種族は本当に優秀だ。

対話が可能になると、イリンは別の宇宙から来たことを告げた。

相手はすごく驚いていた。そして、真剣に話を聞いてくれた。

彼らならば、もしかしたら仲間を救ってくれるかもしれない。イリンは蓄えたデータを渡した。

「このデータで、私たちの仲間を救ってください」そう訴えかけた。イリンを送り出してくれたみんなを。どうか救って。お願いと。

渡したデータが解析されている間、イリンは体力の回復につとめた。

その間、何度も旅立つ前のことを思い出していた。

希望よりも絶望が宇宙全体を支配していた、あの頃のことを。

ある日、イリンはアッーグ族のザクニバルに呼ばれた。

イリンはこのザクニバルが苦手だった。身体の大きさが全然違う。イリンはザクニバルの小指ほどの大きさしかない。

「訓練はほとんど終わったようだな」

巨大な身体に似つかわしい大きな声だった。イリンは頷いた。

「すでに聞いたと思うが、宇宙の崩壊は予想を上回る速さで近づいている。設置したビーコンの反応だけが頼りという情けない状況だが、残された時間はもうほとんどない。覚悟はいいか？」

それは確認であったが、もちろんイリンに否はない。

宇宙すべてを飲み込む異変、それに生き残った者たちの、最後の、本当に最後の希望。

イリンが他の宇宙へ行き、助けを呼んでくるのだ。

「出発は明日だ。不安はあるかもしれないが、変更はできない。今夜はゆっくり休んでくれ」

本当に急だ。ここ数ヶ月、イリンが宇宙を渡る者に選ばれてからというもの、データの蓄積と訓練に明け暮れていたが、だんだんと周囲が余裕を無くしていくのが分かった。

詳しいことは教えてもらえなかったが、もはや一刻の猶予もないのかもしれない。ザクニバルの表情もほとんど動かない。まるで動かすことを忘れて、疲れてしまったかのように。

イリンは自室に戻り、考えるのを止めた。

やるべきことはそれこそ、骨の髄まで叩き込まれている。イリンには骨も髄もないので、魂に刻み込まれるほどと言えばいいだろうか。

ザクニバルの話によると、イリンが出発する直前に特殊な波を打ち込み、居住可能な場所を特定して、その戻って来た波によって出現先が決定されるのだという。

つまり、生存可能な場所に出現することはできる。だが、そこに知的生命体がいるかどうかは分からない。一回勝負なのにである。

生物がいたとしても、一定以上の文明レベルを構築しているかも分からない。宇宙にある星を無作為に選んだ中で、今回の任務が達成されうる場所に出現できるのか。

協力を取り付け、この宇宙に来るような技術を持ち、駆けつけてくれる。

すべてが間に合う確率は、どれくらいだろうか？

なんと分の悪い賭であろうか。そんな賭に、この宇宙のすべてがかかっているなんて。

「……怖い」

自分に課せられた重大な使命と、その成功確率の低さに叫び出したくなる。

「でも……今は眠らなくちゃ」

どんなに分の悪い賭でも、もはやこれしか残されてないのだという。やり直しがきかないのだから、せめて体調だけでも万全にしておきたい。

イリンは強引にでも寝ることにした。


イリンを下がらせたあと、ザクニバルは星を飛び出した。彼のようなアツーグ族は、宇宙空間でも生存できる。呼吸の代わりに宇宙塵《じん》を取り込むことで活動できるのだ。ザクニバルは、宇宙遊泳のはてに目当ての場所に着いた。

『ザクニバルか』

思念が届く。

「はい。こちらの準備はすべて整いました。明日、作戦は決行されます」

『よろしい。ならば我らも準備しよう……』

ずずっと何かが動き、漆黒だった目の前に星々の瞬きが蘇った。いまザクニバルの前にいたのは、『銀河の光輝《こうき》』と呼ばれた種族であった。それが動いたことによって後ろの星々が見えようになったのだ。

「カルファルガ様！」

ザクニバルは呼びかけた。だが返事はなかった。別の宇宙に誰かを送り込み、そこで助けを求める案はかなり初期の段階からあった。研究者が足りず、研究開発が遅れたのだが。

装置が完成した頃には、利用できるエネルギーが周囲になく、新たに造り出すことも不可能だった。計画はそこで頓挫《とんざ》した。だが、『銀河の光輝』と呼ばれた種族がこう言った。

『我の身体には、悠久の時を使って溜めた力がある。それを使えば可能であろう』

エネルギーに関して、他の代替案がすべて実現不可能であることが分かった。

もはやそれしか手がない。

その結論に至った時、多くの種族が苦渋の決断をした。「宇宙に生き残った、すべての種族のために、その命を欲しい」と涙ながらに伝えたのだ。

カルファルガは「もとよりそのつもりだ」と答えた。

ヒュルシィ族は『銀河の光輝』と呼ばれ、何者にも媚びず、争わず、求めず、静かに暮らしてきた。彼らに犠牲を強いる必要は、本来まったくないのだ。

各種族の代表たちは、それこそ床に頭が着くほどに下げ、その言葉を聞いた。

こうしてヒュルシィ族の命を使い、イリンを別宇宙に転移させる計画が本格的にスタートした。

翌朝、イリンは十分に睡眠を取ってから起きだした。体調は万全。詰め込んだ知識をチェックし、問題ないことを確認した。いつでも出発できる状態である。

ちょうどそのとき、イリンを呼ぶ者が現れた。ザクニバルが昨日の場所で待っているという。

イリンは昨日と同じく、ザクニバルの前にでた。

ザクニバルの表情は相変わらず動かない。どこかに感情を置いてきてしまったかのようだ。

「よく眠れたか、イリン？」

イリンは頷いた。

「そうか。もうすぐ計画は実行される。少し窮屈《きゅうくつ》だと思うが、所定の場所に向かってくれ」

イリンは今回の装置の原理をほとんど理解していない。ただ、自身を限りなく小さな点にしてから別の宇宙に跳ばすとだけ聞いた。向こうで出現したとき、その点から自分の身体に自動的に戻るらしい。

その際、その空間では無から有が生じたことになり、周囲に出現エネルギーをまき散らすのだという。それを聞いてイリンは、どうか町中で出現しませんようにと祈ることにした。

『準備はいいか？』

どこからか声が聞こえてきた。ザクニバルの声だ。イリンは問題ないとばかりに頷いた。

『よし、では始める』

しばらく待っていると急に目眩《めまい》がした。そして自分が大きさのない小さなひとつに点になったことを自覚した。

こんな状態になってまでも意識ってあるのだろうか。そんなことを思っているとイリンは気を失った。

目を覚ましたのは、見知らぬ森の中だった。自分のまわりにクレーターが出来ている。

これが自分が出現したときの反動だろうか。予想以上に酷いものだった。周囲を見回したが、建物などはなかった。よかった、誰にも被害はないみたいだ。

まず、転移が成功したことでなく、そのことに安堵した。

イリンが転移する前、ザクニバルの指示で、カルファルガたちヒュルシィ族が巨大な溶鉱炉に身を投じた。

この時までに生き残っていたヒュルシィ族は三名、そのすべての命がここで潰えた。

自ら溶鉱炉に赴いた彼らは、数億度の熱に晒《さら》され、蒸発し、高密度のエネルギー体と変じた。

「よし、装置を！」

ザクニバルの指示のもと、イリンが乗っている装置にエネルギーが注入された。機械が限界まで出力を出し、イリンの姿が圧縮される。そして轟音とともに何かがこの宇宙から喪失《ロスト》した。

直後、機械が耐えられず大爆発を起こし、星の半分が吹っ飛んだ。安全を考えて全員が避難していたため、人的被害はなかったが、これで装置とエネルギーの双方を失った。もはや二度と同じ物はつくれないだろうことは、誰の目にも明らかだった。

「……イリン」

ザクニバルはこの宇宙から飛び去ったイリンを案じた。

第四章　救出計画に必要なこと

宇宙には多くの未発見がある。

それは新技術であったり、未踏地であったり、新種の生物であったりする。

発見者は、その都度、世間に発表するということはしない。なぜなら、宇宙にはそれらの知識を蓄える巨大なデータベースがあるからである。発見物をそこへ載せればいいのだ。

俺はその話を聞いた時、データベースを使ってみたいと思った。ありとあらゆる情報が網羅《もうら》され、検索することによって知ることができるのは魅力だ。

「稔殿、使うにはコツが必要だぞ」

プロカメさんはそう教えてくれた。

必要な情報を検索するだけでも、ちょっとした技術が必要らしい。


＞登録件数230,039,626,301件

俺が『種族』で検索した結果である。データベースには数十万年にもおよぶ蓄積されたデータがある。曖昧《あいまい》検索では、数が多すぎて目的のものを探し切れない。

「検索条件をもう少し細かくするか、時代や宙域などを限定しない限り、探し切れるものでは

ないわ」

プロカメさんにそう言われた。もっともである。どうやらこの検索の仕方ひとつとっても、収拾、優先度によって振り分けなど自動でやってくれるソフトウェアが必要らしい。

反対に、人の目を使わずに振り分けると、検索漏れも当然起こる。

一度漏れると見つけ出すのはかなり難しいとか。

なるほど、うまくいかないものだ。この膨大なデータベースに登録するのもまた、コツが必要で、これを利用する者たちがちゃんと探しだせるようにするのが義務である。

だれでも、未登録の情報は秘匿することなく、必ずデータベースに載せなければならないのだという。

プロカメさんはイリンから提供されたデータを整理し、データベースに登録する作業をやってくれた。

「登録には、面倒な手順とつまらない書式があるのでな。稔殿がやったのでは大変だろう」

ちなみに、地球はすでにデータベースに登録されている。

通商圏に入っていないが、実はそこへも登録はされていたりする。登録を行ったのはヤギ商人で、転位門を設置する時に必要だったという。

もっとも、登録したのは転位門を設置した座標と、この星に元から与えられていた番号だけだったらしい。

イリンがもたらした宇宙を渡る技術は、プロカメさんによって登録されたので、多くの種族の目に触れることとなった。それによって、いくつかの騒動を引き起こした。

ひとつは、イリンが新種族ということで、種族としての詳細なデータをとりたいと話があった。これを了解すれば、イリンを引き渡さなければならない。

イリンにとって何の益もないことなので即断った。もちろん、俺も後ろ盾についたので、問題無く拒否することができた。

次に、イリンのいた宇宙の情報を得たいとする種族が多数現れた。ほとんどが机上での研究を生業《なりわい》とする種族で、今まで未知の領域であった別宇宙の情報を欲しがった。

これは条件付きで許可した。いまだ本調子でないイリンの負担にならないように、３Ｄ通話のみで行うことと、直接惑星チャンスに来ないよう配慮することを申し含めておいた。

それが守られるのなら、問題はないと俺は思っている。

問題は、惑星チャンスがいま騒動のただ中にあることだろうか。

「何なんだ、まったく」

つい愚痴が漏れた。

「申し訳ありません」

俺の愚痴に頭を下げたのはカールくんで、別に彼が悪いわけではない。悪いのは、何の前触れもなくやってきた有象無象の科学者たちであった。

　いや、自称科学者か。ものすごく進んだ文明を持つ種族たちなので、俺が自称などというのはおこがましいが、そう呼びたくもなる。

　そう、いま現在進行形でおこっている騒動は、やってきた彼らが引き起こしたものだった。

「非常に高密度の分子結合体を伸張させれば……」

「いや、静電荷を持たない分子間力を反転させて……」

「エネルギー準位が変動するときに発生する光を捕捉すればもしかすると……」

「いやいや、儂が思うにホワイトホールで別宇宙に対してアプローチを仕掛ける方が」

　別の宇宙へ渡る術がある。

　その言葉に科学者たちが大挙して押し寄せてきた。

　幽霊騒ぎのあった森に大量の計器を設置して、残存エネルギーの測定や、被害状況からエネルギー規模を類推したりと、当初その活動は静かなものだった。

　俺も、彼らの研究に少しだけ期待した。

「……甘かった」

　続いて彼らは、事件の関係者に接触しだした。イリンにアプローチしてきたので、俺はそれをはね除けた。さすがにそれは困る。

　有力な情報は得られないだろうと、俺が思っていると、声をかける範囲を徐々に広げていった。

さすがに目に余ってきたので注意し、あまりに酷い者は星から追い出した。

知らない、分からないと答えても、執拗《しつよう》に聞き出そうとしたり、イリンを得体の知れない機械にかけようとしたのだ。追い出されて当然である。

彼らが何をやっているかというと、イリンの提供した技術を使い、別の宇宙へ行く方法を開発しようとしている。この技術については、ある程度公《おおやけ》にしている。

なので、宇宙のどこにいても、その情報を手にすることができるのだが、科学者というものは、自分で確かめないと気が済まないらしい。

技術の公開後、この星を訪れる人が激増した。

「一応、真剣に取り組んでるわけだし、周囲に迷惑をかけまくっているけど、事がことだけに無碍《むげ》にもできないんだよなぁ」

研究に貪欲なのは科学者として美点であるが、もう少し穏やかに進められないものだろうかと考えることがある。

実際、別宇宙にいるイリンの仲間を救うには、何らかの方法で宇宙を渡らなければならない。そのため、彼らのような研究者の協力が不可欠である。はげしく鬱陶《うっとう》しいのだが。

現在、馬吾郎教授とカールくんが防波堤となってイリンへの接触は阻止している。

イリンも自分の知識が役に立てばと、できる限りの協力をしてくれている。だが、イリンはいまだエネルギーフィールドから長時間出ることができない。出たら、この前のようにエネルギー不足で倒れてしまうだろう。

本来、自然にできることがこの星では難しい。不自由をかけるが、そこは我慢してもらうしかない。

ちなみにイリンの枯渇したエネルギーは、バッテリーのように回復していくわけではないらしい。

体力回復に見合った量のエネルギーが吸収されるのだという。つまり、体力がほとんどなくなっていた初期の頃は、エネルギー回復もかなり制限されていたことになる。

「……で、自称科学者たちはまだここでやるつもり？」

俺の言葉にカールくんは頷いた。

「はい……教授《せんせい》がおっしゃるには、ああいった手合は、理論が固まれば勝手に実験しはじめるそうなので、そうなってきた時にまとめて移せばいいと言っていました」

「まとめて？」

「いま移動させてもすぐに戻ってきてしまいますから。でも実験が始まれば、結果が出るまでテコでも動きませんよ。それに、実験の内容しだいですが、危険かもしれないとおっしゃってます」

「実験？　別の宇宙に渡るための実験でしょ？　星のエネルギーをいくつか使うような装置を作られたら堪《たま》ったもんじゃないよね」

「はい。僕もそう思います」

どうしたものか。おそらくだが、宇宙のシンクタンクが集まれば、遠からず理論は完成し、エネルギーの問題はあるものの、宇宙船はできるのではないかと考えている。そもそも別宇宙では実現できた技術なのだし。

だけど、彼らは研究最優先で、いろいろと非常識でもある。

他の種族もいるので、この星で勝手なことをしてほしくはない。

「実験か……どうすればいいのやら」

俺は喧《かまびす》しい連中から逃げるように、地球からの移住者が住む一角に跳んだ。

「稔様、本日はどのようなご用事でございましょうか」

跳んだ先にチャンドラシーさんがいた。ちょっと驚いた。

向こうも驚いたかもしれないが、表情は読み取れない。

「久しぶり、かな？　とくに用はないんだけど、なんかこういろいろとまわりが煩《うるさ》くてね。なので静かなところへ」

「そうでしたか。ちょうど出来たばかりのチーズが届いておりますので、木蔭で休まれたらいかがでしょうか。ワインとパンをご用意致します」

「そこまで……いや、もらおうかな」

「ではご案内します」

チャンドラシーさんは移住者たちの居住区で自警団をしてくれている。

昆虫のような外見なので表情は読み取れないけど、俺を神のごとく崇めてくれている。

星の守護者というだけでその扱いを受けるのは心苦しいのだけど、チャンドラシーさんの感覚ではそれが普通らしい。

「いま、ご用意します」

木立が並ぶ、移住者の憩《いこ》いの場として作られたスペースに俺は案内された。

「……どうも違うんだよなぁ」

先程の科学者たちを思い出した。研究熱心であり、技術力もある。別の宇宙に行くためには無くてはならない人材だ。だけど、技術革新にだけ目が行っていて、イリンを含めたあちらの宇宙にいる種族のことはあまり考えてない。そこにズレがある……というか、どうも釈然としない。

「口出しできることじゃないのは分かっているんだけど」

イリンは俺たちに助けを求めてきた。それに応えるには、最善を尽くす必要がある。だったら、できる者、詳しい者にゆだねるのも必要なのかもしれない。

「お待たせしました。ナバウ星に原生する牛から絞ったミルクと、それを元にして作ったチーズです。移住者の方々が育てて加工までを担当しました」

チャンドラシーさんが持ってきたミルクとチーズは濃い黄色をしている。

「噂には聞いていたけど、これがそうか」

見るのは初めてだが、地球産のものより濃厚らしい。栄養価も高くて、味もいいともっぱら評判だ。

俺はまだ味わったことがなかったので、ちょっと楽しみだったりする。

「地球からの移住者たちにも大好評だと伺っております」

「へえ、それは楽しみだ」

いま、いくつかの星で重宝されている家畜を、惑星チャンスで飼い始めている。酪農というよりも技術研修に近いらしいが、宇宙にある『ウマイもの』を再現するために原材料から拘《こだわ》っているらしい。中心になってやっているのは日本人だとか。

俺はミルクを一口飲んでみた。

「へえ、クリーミーで、ややどろっとしている感じだね。でも味は凄く濃厚だ。栄養があるんでしょう?」

「なんでも地球の牛乳の三倍のカロリーだそうです」

「それはそれは。飲み過ぎないように注意しなきゃ。……このチーズもそうだけど、別に濃縮したわけでもないのにこんなに味があるなんて、不思議だね。とてもおいしいよ」

「喜んでもらえてなによりです。……パンも焼けたようです。今持って参ります」

チャンドラシーさんは、ホカホカのパンをバスケットに入れて持ってきてくれた。そしてワインとグラスを静かに置いてくれる。

「ありがとう。ひとりでやっているから、別についてなくていいよ」

ここまでやってくれただけで十分である。

「そうですか。……もしご用がありましたら遠慮無く呼んでくださいませ」

「うん」

チャンドラシーは「では、巡回してまいります」と去っていった。

「それにしても美味しいな」

俺はパンにチーズを載せ、ゆっくりと味わった。実家では米食ばかりだったし、東京に出てからもその延長であまり洋風な食事はしてこなかった。

「こういうのもいいもんだな」

そもそも、米作農家出身なので、米以外を食べるという発想がなかった。こういう美味しいものを見逃していたのは、惜しいことだと思う。パスタとか外国で常食されているし、もしかしたら自分に合うのもあるかも知れない。なにしろ試したこともないのだ。

「そうか、そうだよな」

結局、食わず嫌いというわけでもないが、習慣がないからつい手を出さなかっただけなのだ。

「でもそれって、今回のことにも当てはまるよな」

結局だれも別の宇宙になど行ったことはない。

いま喧々囂々《けんけんごうごう》とやっている科学者たちは、たしかに技術はある。でも、彼らだってまだ、別宇宙に行ったこともなければ、行けると確信して研究してきたわけでもない。

「技術は彼らに任せて、俺は俺で、イリンのいた宇宙を助けることを考えればいいんだ」

別の宇宙へ行く方法が分からないから、俺ができることはないと考えてしまっていた。だけど、そうじゃないんだ。宇宙救出作戦はこっちで考える。技術的なことは後回しで、計画の目的は決まっているんだから、それをやるべきだったんだ。

「……ということで、まったく別に、新しい組織を作るか」

前に惑星チャンス移住局を作ったみたいに。

「それもいいかもしれないな」

俺はグラスにワインを注いで飲み干した。今日は心地よく酔えそうだった。

というか、酔った。


後で思い返したら「なんて無鉄砲なことをしたんだろう」と頭を抱えるに違いない。俺はそれだけのことをしている自覚がある。プロカメさんに相談したときは、呆れられたし、ヤギ商人に至っては、「何か、悪いモノでも食べましたか?」と心配されてしまった。

まあ、それもそうだろう。俺だってちょっとやり過ぎたかなと思う。

今までリーダーが突っ走って、俺がそれを止める方が多かったんだから。

「あれ？　もしかしたら俺、リーダーに感化されている？」

そう思わないでもなかったが、賽《さい》は投げられてしまった。もう後戻りはできない。俺はこの宇宙の中に……いや、ほとんどすべての種族が所属しているこの通商圏の中に租界《そかい》を作ることに決めた。

租界……いわゆる通商圏の論理が及ばない場所。

それを勝手に確保したと宣言した。

たぶん反発はある。一方的に宣言しただけなので、効力のほどは未知数だったりする。種族間の争いは原則的にどの種族も不介入を貫くので、攻められたりすることも考えなくてはならない。

「たぶんだけど、これは必要なことなんだと思う」

イリンひとりだけですら、現在多くの種族に注目され、誰かがそばで守らない限り、いいように使われてしまう。もし、別の宇宙から多くの種族が来た場合、同様に彼ら全員を守れるだろうか。宇宙の終焉を間近に控えた状態で、別宇宙へ移動することすら成功させたのだ。

この宇宙でまだ発見されてない未知の技術なども持っている可能性が高い。彼らがこの宇宙に来たときに、よってたかってもみくちゃにされないように、あらかじめ居場所を確保し、防護体制を整えておきたい。

同時に、これから発動する救出作戦にしても、無駄な横やりを入れられたくない。純粋に外部からの干渉を受けずに事を成し遂げたいのだ。

「それで租界を作ったというわけか」

「早まったかな？」

プロカメさんは大きなため息をついた。

惑星チャンスがある宙域は宇宙全体で見れば、西方の端に近い。この辺りは居住可能な惑星も少なく、あまり魅力ある場所ではないらしい。

「最初は驚いたが、よくよく話を聞いてみると、その方がいいような気がしてくるから不思議だ」

「イリンの話だと、宇宙空間を漂う種族や酸素を必要としない種族もいるっていうし、アンモニアや電磁波の出る環境が居住に適している種族もいるって。だったら、彼らに手出しができないような場所を作ってみようかって思ったんだけど」

「はじめは租界で暮らし、徐々に外部と接触してもいいかもしれんな。問題は、この宇宙の常識を覆す知識や技術を持っている場合だが、その辺はうまく言い含めるしかあるまい」

「言い含める？」

どういう意味だろう。

「高度な文明を持つ種族は、未知のものを発見した場合はデータベースに登録する義務を負う。逆にいつでも誰でもデータベースにアクセスできるわけだが」

「なるほど、時間がかかっても登録さえしてくれれば、知識を欲している種族から、強引な接触は防げるかもしれないしね」

「それを読んでも理解できなかったり、実現する技術がなかったりしたら同じだが、それでもひとつの説得材料にはなるだろう。あとは、この星の位置もよかったな」

星の重要度は居住可能かどうか、資源が豊富であるか、近隣に危険地帯がないか、他の種族がいないかなどによって決まる。惑星チャンスはそういう意味では重要度は低い部類に入るのだという。

「ここは通商圏の端だし、付近は危険地帯も多いから、多少無茶やっても問題なさそう？」

「可能性はある……が、楽観はできん」

プロカメさんとそんな会話をしてから数日後、俺は二十の星系におよぶ大規模な租界を作った。

この租界のことは当然データベースに登録した。所有者はイリンのいる宇宙の住人たち。代行者として俺の名前を入れた。

『許可無く何人たりともこの租界に入るべからず』

基本的な要求はそれだけで、ここは別宇宙からの移住者たちの場所であることを、所有者に代わって宣言した。

同時に、惑星チャンス上に、別宇宙へ赴くための研究機関を設置した。

「というわけで、これからメンバーを増やしていくけど、とりあえず皆さんにいろいろと考えてもらうので、協力お願いします」

イリンを筆頭に、馬吾郎教授やカールくんを含めた研究所の人たち、プロカメさんとその仲間たち、そしてなんと、巨人族のダービエンさんや、地球出身のマリアなど、地球原産の動物を惑星チャンスに繁殖させようとしているメンバーもリーダーが貸し出してくれた。

「宇宙を越えて『行って帰ってこられる宇宙船』の建造が一番の難問だよね。それが叶ったら、別宇宙からやってくる種族を受け入れる体勢を整えなければならない。彼らが余計な干渉を受けないで、長期的に暮らせる環境を考えてもらいたいんだ」

俺の言葉に、大事になるなと理解したのだろう。全員が静かに聞いている。

「なので、この宇宙に連れてくる方を『方舟《はこふね》計画』、この宇宙で過不足無く暮らせる環境作りを『租界計画』と呼ぶことにする。方舟計画の技術的なことは、この星に来ている科学者たちが一応開発しているけど、何か思いついたら提案して欲しいと思っている。それと租界計画の方はまだ、居住するはずの種族がやってきていない。なので、今のうちに惑星改造をやっておこうかと思うんだけど、どうかな」

多少強引かと思ったけど、まず言いたいことだけを告げた。

いま向こうの宇宙がどういう状態か分からないけど、時間との勝負ならば、のんびりと会議をしていられないと思う。

「というわけで、各自資料にあるとおり、計画書を作成してくれるかな」

みんなは強く頷いてくれた。

「じゃ、解散だ。進捗状況は、会議のたびに報告し合おう」

つい強権を発動してしまった。何かワンマンな社長みたいだが、後悔はしていない。

全員が帰ったのを確認すると、俺は通話機でヤギ商人を呼び出した。

「……いま終わりました」

『稔殿、ならばすぐに転位門まで来てくれますか』

「分かりました」

通話を切って、俺は転位門まで跳んだ。

ヤギ商人はすでにいた。おそらく、俺が連絡するのをずっとここで待っていたのだろう。

「稔殿、先方へ連絡は付いております。早速参ります」

「お手数かけます。けど、行くのは俺ひとりでいいですよ」

「なに、協力できることは致します。けれど、相手は名うての戦争屋ですよ。たったひとりで会うのは避けた方がいいと思いますが」

「まあ、これも作戦だと思って。それに危なくなったら、俺はここへ転移できますから」

俺が租界の宣言とその用途を発表した時、唯一反応してきたのが、今から会う人物である。

自らバロンと名乗る宇宙人で、ヤギ商人いわく戦争屋だそうだ。

ヤギ商人としてはひとりで会わせたくないだろうが、危険を伴うならば、余計なリスクは避けたい。

守護者の指輪の力で、瞬時にこの星へ帰れるのだから、ヤギ商人は留守を守ってもらいたい。

「……分かりました。くれぐれも自重ください」

相手が会って話をしたいらしいが、そのときの交渉さえも、いくばくかの脅迫めいた言動がみられた。

察するに、話の内容も穏やかなものではない。

ヤギ商人は会うことすら反対しているが、俺は避けて通れないものだと思っている。

なので、今回はいい機会だと考えて、交渉における相手の主張をすべて飲んだ。

「さて、どんな相手なのやら」

「逆らえば生かして帰さない、そういうお人と言われています」

なかなか過激な人物らしい。

「ま、なんとかなるでしょ」

俺はそう言って、転位門を使った。


転位門から出現した俺を待っていたのは、全身を鎧で固めた人たちだった。フルフェイスの宇宙服に近いだろうか。

「水棲人かな」

俺が言うと、ひとりが頷《うなず》いた。

惑星チャンスの海にもいるが、水中でしか活動できない種族は、陸に上がる時にこうした全身鎧のようなものを纏《まと》う。軽量化できたり素材を薄くできるようだが、そうするとバックパックのようなものを背負わなければならなくなる。さらにそれが壊れると生命維持活動ができなくなるため、ややごついものを着るのだという。

どうも複数のバックアップがあるらしい。

「じゃ、主人のところまで案内してくれるかな」

コクリと頷いて、水棲人たちが歩き出す。俺はその後に付いていった。

ちなみに今話している言語は、通商圏の共通語というやつで、地球でいうところの英語のような扱いだ。彼らの後に続きながら、左右を見る。

水棲人たちは完全フルフェイスで、表情はうかがい知れない。

さてこれはどういうことだろう。俺の知っている水棲人は陸に上がったとき、頭部だけは透明なもので覆っていた。よく見えないと危険だからだと思う。

「あの……それだと視界が悪くない？」

となりを歩く水棲人に聞いてみた。首を横に振ったので問題ないと言いたいのだろう。目の部分も他と同じような感じで、どう見ても不自由そうだ。

惑星チャンスにいる水棲人の会話は、水の中を伝播させて伝えるが、空中では明瞭に聞こえない。

なのでジェスチャーか、発声器官の代わりになる機械に頼る場合が多い。

この鎧をみると発声器官がないので、水棲人同士の会話はどうやっているのだろうと考えた。

「テレパシーとかかな」

何かの受信器官があって、それに語りかけるようにして会話する種族かもしれない。その場合、怖いところは、こちらの預かり知らないところで会話し、一糸乱れぬ行動を取れるところである。

つまり、敵対した場合、急に後ろからガツンとやられる可能性がある。

覚えておいた方がいいかなと俺は少しだけ警戒度を上げた。

いくつかの門を通ったが、そのどれも厳重な警備で、機械によるセキュリティと人的な警備体制が敷かれていた。

転移門がある建物とは別らしく、外に出て乗り物に乗っては、複数のゲートをくぐり、ひとつの建物の前までついた。

「……それでこれね」

中に入る前に可視化した光を何度が浴びた。武器の類などをチェックされたのだと思う。あれだけ人を配備して、まだこんなに厳重にチェックしなきゃならないのだろうか。

建物の中でもかなり歩かされた。二十人以上の歩哨の横を通過したが、これはわざと威圧しているると見たほうがいいだろう。

最後に通された場所は、暗い洞窟のような雰囲気だった。じめじめとした、コケでも生えてそうな場所だ。

「なんか俺には合いそうもない場所だけど？　ここであっているの？」

水棲人からは、とくに返事はなかった。

開け放たれた分厚い扉がある。

あらかじめ開けておいたのだと思うが、厚さは十数センチメートルある。戦いになったときの最後の砦なのだろう。

扉は鉄に見えるが、あらゆるものを跳ね返す特殊な合金で出来ているのかも知れない。

奥には大きな部屋がある。後ろで扉が閉まったので、これで逃げ道はなくなった。

最奥の一段高いところに、巨大なガマガエル？　オオサンショウウオ？　ナメクジ？　よく分からないが、ぬめっとした生き物がいた。仮にガマガエルだとしたら後ろに見える尻尾が不要か。とすると、オオサンショウウオかナメクジの親戚だろう。

「……えっと、あなたが俺を呼び出したバロン？」

「いかにも。小さきものよ」

「稔ですよ」

「名などどうでもよい」

　やや時代がかった口調で、目の前のぬめっとしたのが喋っている。服を着る習慣がないのか、ぬめぬめテカテカな身体がキモい。なんかもう、早く話を終わらせたい気分だ。

「じゃあ、簡潔に説明してくれますかね。俺は呼ばれたから、ここへ来ただけなんで」

　友好的とは言い難い態度だけど、しょうがない。

　そこから先はとりたてて語ることもない。簡潔にいうと自分の支配下に入れ、従わねば滅ぼす。こういう話だ。

「それで、俺のメリットはなんでしょうね」

「我が支配下の一員となれる、それこそが最大のメリットだ」

「……はぁ」

　俺はため息をついた。この程度の介入は予想通りであったし、目の前のバロンの発言も予想を超えるものではなかった。

「とりあえずアンタは臭いので、風呂に入って、そのぬめぬめをすべて落としてから言ってくれますかね。それでも返答はノーだけど」

「……ほう、いい度胸だな。お前の星を跡形もなく消し去るくらい今すぐにでも可能なのだぞ」

まあ、それはそうだろう。

このナメクジはまがりなりにも戦争屋だ。こっちは星の守護者とはいえ、使えるのはその星のエネルギーのみ。

地球の科学技術力ですら、星の生き物を根絶やしにするくらいの爆弾を持っているのだ。

このナメクジにできないわけはない。

「星に住んでいる人をみんな殺すと言いたいわけ?」

「無論だ。……もっとも、そなたが匿っている小さき外来者だけは生かして我の元においておこう。なんでも、宇宙空間を自由に移動する技術を知っているとか」

このナメクジ、イリンの姿形を知っている。どこからか公開していない情報を得たみたいだ。

ということは、本当にイリン以外を皆殺しにして奪うくらいは簡単にやってのけるだろう。

まともにやったら、俺に勝ち目はない。だから……。

「えっと、何か勘違いしてる気がしますけど、臭いっていうのはアンタの身体だけじゃなく、息も下水みたいな匂いがするってことですよ? 息くらい止めて話せないんでしょうかね」

挑発してみた。

「いい度胸だ、小僧! その皮ひん剥いて、干物にして喰ってやる」

「遠慮しときます」

バロンが激昂したので、俺は惑星チャンスに転移した。あのままあそこにいたら確実に殺されていただろうし。

戻ったらプロカメさんとヤギ商人がいた。心配していたのだと思う。

「稔殿、お早いお帰りでしたね」

ヤギ商人はホッとした表情をした。

「まあね、やることは決まってたから。それと、イリンの出した情報は漏れていた」

イリンと通話を許可した相手がそれなりにいる。この辺を秘匿するとあとで良くないと思ったので、本人の意志を尊重してなるべく負担にならないレベルで、希望する者と3D通話などで話をさせていた。

イリンのいた宇宙と俺たちのいる宇宙では進歩している技術にやや偏りがあり、どうもイリンの宇宙では、移動に関してさまざな研究されていることが分かった。

一例を挙げると、宇宙を移動する場合、通常の航行以外だと、位相航路を使うしか手がないが、イリンのいた宇宙ではワープに似た移動方法が実用化されていた。さらに小型化された航行エンジンや障害物を避けるシステム、外科手術によって宇宙空間で無酸素活動が可能となる技術などがあった。

酸素を必要とする俺たちのような種族が宇宙空間で活動できるというのは凄いことらしいが、

イリンの話だと、さらに生身で長距離移動もできるらしい。宇宙空間で微量に漂っている浮遊粒子を捕まえ、噴射することで加速を得るのだとか。

さらに本来減速するときには、加速と同等のエネルギーが必要なのだが、これも同じく宇宙空間に微量に存在する水素原子をその場に固定させることで、より少ない時間で制止することができるのだという。緊急制止できるかどうかは、生存確率アップに欠かせないので、研究は古くから行われているとか。

イリンは簡単に説明していたが、科学者たちはいまだに原子を留めるということが理解できずにいる。

俺が、それは空中元素固定装置じゃないかと言ったら驚かれた。アニメの知識です、ええ。それは余談だが、イリンは実用化されている技術は知っていても、その原理は知らない。なので詳しいことは答えられない。それでも確実に目をつけられる技術が目白押しだった。

「情報が漏れたのは仕方ないであろう」

「そうだね、イリンのいた宇宙の価値を高める意味もあって、公開していないものの中にも凄いものがあるぞと半分煽《あお》ったわけだし」

「情報が漏れて目をつけられたからには、裏社会ではもはや事実として広まったであろうな。これ以上隠しておく意味はないのではないか？」

プロカメさんも分かっているようだ。

おそらくもう情報戦をしても意味ない時期に来たようだ。

隠すか公開するかと二択を迫られたら、公開するしかないと思う。

何しろ、この宇宙からだと、いまだ別の宇宙に行く技術がないのだから、もっと注目を集めさせて、よりたくさんの情報を得たほうがいい。

少しでも優秀な種族に注目して貰わないと、話にならないのだから。

「しかし、いまだ皮算用の段階なのに、戦争屋みたいなのが動くなんて、動きが早いよね」

「それだけ注目されたということであろう」

俺は戦争屋バロンの資料を見た。

多くの部下を持ち、いくつかの種族を支配下に置いて、膨大な軍事力を有している。その規模はもはや星間戦争を起こせるほどだった。

「それで稔殿、どうなさるおつもりで？」

ヤギ商人は心配そうに聞いてくる。

「うーん、なんとかなるんじゃないかなと思っているかな」

「それはどういった根拠ですか？」

「なんとなくなんだけど……俺がこう思った時って、いつもなんとかなってるんだよね。だから全然気にしてないというか、そんなことはもう忘れて次のことを考えようかなと」

ヤギ商人から、この人は気でも違えてしまったのではないだろうか、という目を向けられた。

長くもない人生だけど、こんなことしょっちゅうだし、なぜと聞かれれば、今までなんとかなったし、今回もなるんじゃないかなとしか言えない。

そんな話をした翌日、バロンが最大級の戦力を揃えて位相航路に入ったと知らせが入った。

知らせてくれたのはヤギ商人と懇意にしている商人仲間で、バロンが軍備を一箇所に集めたため、周囲の耳目を集めたようだ。

出発した場所からいくと、ここへの到着はおそらく三日後。

ヤギ商人は俺に、指輪で星を凍結させるか、降伏の準備をした方がいいと助言してくれた。

「たぶん、この戦いは必要なことだと思うから」

その提案を退けて、俺はそんなことをうそぶいた。

この戦いは、俺が今まで目を逸らして、ちゃんと考えてこなかった、運の良さに対する確認の意味もあった。

○

「艦隊を集めろ」

儂《わし》は戦争屋バロンと呼ばれた男だ。滅ぼした星や種族は数知れず。

さて、久しぶりの獲物だ。

儂の指示で多くの部下が慌ただしく動き始めた。といっても、相手は星ひとつの小勢力だ。

「今回は派手にいく。他星系にいる艦隊も呼び寄せろ」

部下のひとりが驚いて聞き返してきた。集まった部隊だけで制圧は可能だが、周囲に対する見せしめだ。大艦隊で包囲してやる。

泣いて許しを請う暇を与えたあと、残虐に殺す。それにどうせ制圧したあとは駐留することになる。

艦隊は多くても問題ないだろう。

「いいか、強襲揚陸艦《きょうしゅうようりく》は全艦出撃させろ！」

強襲揚陸艦には多数の乗組員を載せることができる。惑星の住人は多くないという。重要施設を占領するだけならば、まったく問題ない。しかし、これほどの大規模出撃はいつ以来だろうか。

「周囲に儂の力を見せつけてやるわ！」

もはや十分すぎるほどの戦力が集まった。

あの生意気な奴の――名前はなんといったか、話を持ってきた部下に聞けば分かるだろうが、もう些細なことだ。星の守護者を殺してしまうのは勿体ないが、継承できないならば、殺すしかない。

「全艦隊、集結完了しました」

部下が報告にきた。こ奴は過去に滅ぼした種族の生き残りだ。能力値が高く重宝している。儂の種族は騙し、裏をかき、絶対的な立場から下の者を嬲《なぶ》るのが好きだった。

そのせいで国家間の戦争が絶えず、種族どころか、星ごと滅んだらしい。

宇宙に出たわずかな者たちもまた争いを起こし、ときに戦争に巻き込まれ死んでいった。

儂はそれを知ってさもありなんと笑ったものだ。

宇宙一強欲な種族……もはや生き残ったのは儂だけかもしれん。だがそれでもいい。

「よし、全艦出動せよ」

戦艦を筆頭に強襲揚陸艦を従えた部隊が位相空間に入った。

途中何度か通常空間に出現する必要があるらしいが些細なことだ。目的地はかなりの辺境。しばらくは眠るとしよう。


船体が揺れたのは、位相航路を出た直後だった。

ここからしばらく進めば目的の惑星だったはずだ。まさか攻撃されたのか？

だとしたら先に展開していた儂の艦隊はどうしたのか？

いや、旗艦が不意打ちを食らうなど、ありえない。そんなヤワな配置を許した覚えはない。

「報告します。位相航路の出入口付近で磁場が乱れてます。極めて酷い状態です。高密度の磁

気が吹き荒れて、計器類が一切効きません」

何が起こったのだ。

「センサーを切れ。視認航行に切り替えろ」

「やっていますが、駆逐艦どうしが衝突し、各所で爆発しました。現在、その破片が乱れ飛んできます。手動では避けられません！」

直後、船体に何かが衝突した音が響き、船内で爆発が生じた。

儂の居室にもアラートが鳴り響き、空気漏洩《ろうえい》を示す赤ランプが点滅した。

「バカなっ。すぐに隔壁を閉じろ。空気が吸い出されてるぞ！」

儂の叫びは誰の耳にも届かなかった。部下どもはみな衝撃で壁面にぶつかり、気を失っていた。儂のように、重量がない連中はみな同じような状態だろう。

――ズズズウウウン。

自動防衛システムが働いたようだ。要所を隔離する壁が降りた。アラートがようやく消える。

「ぐぬうう、何が起こった？」

旗艦の外壁は、よほどのものでないと突破できない。そういえば、先ほど部下が言っていたな。駆逐艦の破片が乱れ飛んでいるとか。

「ふっ、馬鹿な」

儂は手元のコンソールを操作して、船外カメラのスイッチを入れた。いまだ計器類は全滅している。

レーダーは使えないとすると視認による確認しかできんではないか。スクリーンに映ったのは、次第に姿を大きくする駆逐艦の姿だった。

「なんじゃこりゃー⁉」

ひっくりかえった駆逐艦がスクリーンいっぱいに広がった。破片どころじゃない。そのものが飛んできたではないか。

スクリーンが真っ黒になる。直後、轟音とともに船体が激しく揺れ、儂の意識はそこで潰えた。


「目を覚ましたのかな」

その言葉に儂の意識がはっきりした。目の前にいるのは、儂に無礼な口をきいた生意気な奴だ。思い出した、稔とか言った小物だ。

「小さき者よ。儂に何をした？」

「別に……何もしてないけど？」

「何だと……」

「あのさ……ずいぶん多くの船を連れて来たみたいだね。位相航路の許容量って知ってる?」

「何を言って……許容量にはまだ大分余裕があるぞ」

「それ平均値でしょ。この宙域はさ、周囲に俺の星しかないから普通は素通りしていたみたいで調査もロクにされてなかったようだけど、いい加減な調査だったのかな」

「何がいいたいのだ」

「あの場所にある位相空間からの出口だけど、許容量は通商圏に上がっている情報の二百分の一しかないみたいなんだ。というわけで短期間にあんなに船が来たんで、磁気嵐が吹き荒れたし、重力孔もあちこちにできちゃったみたいだね。位相航路はしばらくは使えなくなったって感じかな」

「じゃあ儂は……それに巻き込まれたというのか」

「そうみたいだね。まさか俺も、通商圏のデータが間違っているとは思わなかったけど、そういうこともあるんだね」

機械はミスをしない。通商圏が使う計器ならば、それくらい信頼できるのだ。

だけど、それを使う者は……。

「あ、有りえん」

「そうだね。人為的なミスと、それをチェックする人の見落としが重なったんじゃないかな。たしかに有りえないよね。でも安心していいよ。被害は軽微だから。それにあなたが支配していた種族は、全部解放したたし、船はみんな回収したから。状態がいいのはすぐに買い手が付いたんで、それなりの収入になったからね」

「なんだと⁉　儂の船を勝手に売り払ったのかっ‼」

「もちろん。だってもう要らないでしょ？　本星と支配惑星の方も、同業者たちに知らせておいたから、今頃はもう占領されちゃってると思うし、あなたはこの星の牢獄に入ってもらうことがもう決まったんだ。乾燥と塩分が苦手なんだってね。俺が特別室を作ったから、そこにずっといるといい。水だけあれば生きられるというから、それだけは用意してあげる」

「馬鹿め、儂の部下がこれだけと思うなよ。こんな星すぐに……」

「本星に残して来たのは、バロン親衛隊だよね。なんか、方々で恨みを買ってるみたいで。すでに各方面から攻撃されて霧散しちゃってるよ。……というわけで説明も終わったので、そろそろ牢獄に入ってもらうね。終身刑だから、そこよろしく」

その言葉を聞き終わるより早く、儂は真っ白な部屋に転移させられた。守護者の力は、自分の星限定で神にもなれるというが、どうやら、その通りらしい。

「ぬっ、ここはどこだ。……な、なんだ？　身体が拒絶する。ここにいることを全身で拒絶しようとしている」

身体が震えはじめた。どうしたことだ。今まで生きてきて、こんな思いは味わったことがない。

「見えぬ、何も見えんのだ。ここはどこだ？　そしてこの圧迫的な気配は……ハ、そうか、岩塩か」

やられた。儂の身体は、塩にめっぽう弱い。はやく脱出しなければ、大変なことになる。

「ぬおおおお……溶けるうううう」

壁に触れたところが溶解した。ただの岩塩ではないのか!?　まるで超強力な酸のように儂の身体を溶かす。

「がぁああああ……」

天井から溶けた塩水が降ってきた。今気づいたが、ここは暑い。まるでオーブンの上にいるようだ。

進め、進め、出口まで……進め。

「出口……出口……」

どこかにきっと出口があるはず。あるはずだ。もしなかったら……。

その角を曲がればきっとある。あの部屋の向こうなら……きっと。

○

戦争屋バロンは滅んだ。

いや、正確には滅んでないけど。地下深くに作った岩塩の牢屋に入っている。一応、バロンの所有していた星も艦隊も何もかもなくなったのだから、滅んだと言っていいかもしれない。

そして当のバロンは、どんなにがんばっても、岩塩で囲まれた地下から、逃げ出すことはできない。

「しかし、たまたま運良く位相空間の出口に、記載ミスあったよな」

位相空間から通常空間に出るということは、ジョッキの中に一気にビールを注ぎ込むようなものらしい。

ブシューっと泡も液体も一瞬で注ぎ込まれる感じだろうか。

「けど今回は、それがビールじゃなくて、プールの水だったわけだ」

ジョッキもろとも、流されてしまったわけである。

本当にラッキーだった。ツキは俺を見放してないみたいだ。

「さて、問題はひとつ片付いたけど、先はまだ長いな」

どうやってイリンの助けに応えるか、その方法をどうすればいいのか。解決方法はいまだ見つからない。

俺ひとりで何もかもやろうとしても、うまくいかない。かといって、人を集めるだけ集めて放任しても駄目だと思う。ちゃんと目が届くような体勢を整えなくてはと思って、租界を作った。

「外側は作ったんだから、あとは中身だよな」

イリンの宇宙には多くの種族がいる。それを見捨てることはしたくない。馬吾郎教授たちが頑張ってくれるのは分かっているが、俺は万全を期したい。

「やっぱり、リーダーに協力してもらいたいな」

幽霊騒ぎのあと、俺は一度、突き放された。

けれど、あのときとは状況が違う。今回は相談に乗ってもらえるかもしれない。

「門前払いされないように、アポ無し突撃がいいな」

俺はリーダーのところへ跳んだ。

リーダーはすぐに見つかった。俺はすぐに駆け寄り、有無もいわせず、これまでのことを語った。

「……というわけで、別宇宙に行くにはまだまだハードルが高いし、今の状況は効率が悪いと思うんだ。なので、やっぱり俺はリーダーと一緒にやりたいんだけど、どうかな？」

リーダーは俺の説明が終わるまで黙って聞いていた。沈黙が痛い。これはもしかすると、拒否の合図か？

「ダービエンやマリアだけでなくオレもか」

「うん……」

「……分かった。協力しよう」

「良かった」

「ただな……」

そこでリーダーの顔がよりいっそう真面目になった。

「なに？」

「いい機会だから聞いて欲しいことがある。というよりも、多分知っておいた方がいいことだ。

宇宙を救いたいのならば」

いつもと違ってずいぶんと改まったような口調だ。こんなリーダーは珍しい。

「分かったけど……なに？」

「稔、おまえは……昔から『運がいい』と言っていたよな」

「うん」

「それはな、間違ってない。だが……真実ではない」

「……えっと、どういうこと？」

なんだろ、協力をお願いしに来たら、なんか真面目な話が始まっちゃった？

「おまえの持つ運の良さというのは、現象の一面を表しているだけで、本質を表してないというのは分かってるか？」

「……いや、ちっとも。というか、何の話をしたいのかも分からないのだけど」

「そうだな……いま巨人族のダービエンの元にマリアがいるな。彼女は地球にいる動物の繁殖を手伝ってくれている。とても熱心で真面目な性格をしている。これでおまえはマリアのことが理解できるか？」

「無理だと思う。人を深く知るには実際に長い時間を一緒に過ごさなければ分からないし、たとえ一緒にいたとしても、その人を理解するのは難しいと思う」

「そうだな。熱心で真面目であることは、彼女の持つ側面のひとつであるが、本質ではない。寺の門を見て全体を見たことにならないのと同じようにだな。ひとつの事象をとって、すべてを語ることはできないだろ？」

それはそうだ。

「ということは、俺の運がいいのも、ひとつの側面であって、本質じゃないと？」

「ああ……考える時間は十分にあったからな。稔、オレの知る限り、お前の運の良さには、いくつかの共通点があった。たとえば大学生活の中で、ときには二角法律事務所でアルバイトの中で、大学卒業後から今までもだ。おまえの力は、ある可能性を示しているとオレは思っている」

なんか、話が大きくなってきた感じがする。俺は昔から運が良かったから、特にそのひとつひとつについて、気にしたことはなかったけど。

「その、ある可能性ってなに？」

「何者にも害されない、どのような凶事も跳ね返す、ある意味完璧なバリアー。ありとあらゆるものからおまえを守る意志のようなものが存在しているとオレは見ている」

「……考え過ぎじゃない？」

キラ星《ぼし》でも飲み込んで無敵モードになったのか。

「いや、それですら最小限の範囲で言ったことなんだ。もしかすると宇宙規模的な意志がかかわっている可能性もある」

「盛りすぎだよね、それ」

宇宙規模の意志ってなんだよって感じだけど。

「具体例は省くが、それは揺るぎない事実だ。それは時空すら越えるとオレは考えている」

「それこそ荒唐無稽でしょ。ＳＦ小説じゃあるまいし」

「いや、本当だぞ。たとえばこのオレが証拠のひとつだと言ったら？」

リーダーは親指で自分を指した。

「リーダーの存在が？」

「オレは以前、プロカメに遺伝子情報を渡して、オレのルーツを探ってもらったことがある。その結果、地球由来のものではないこと、過去何らかの方法で宇宙からやってきた種族が祖先であることが分かった。その祖先は残念ながらデータベースに登録はされてなかったがな」

「そ、そんなことがあったんだ」

リーダーって、変身するとヤギ商人みたいな獣人になるもんね。

「データが残ってないということは、それほど文明が発達してなかったのだと推測できる。今も生き残った種族がいないのもそのせいだろう。それが偶然、地球に来たとも考えられるが……」

「違うの？」

リーダーは重々しく頷いた。

「数万年前か、数十万年前か分からないが、祖先の星に何かがあったんだろう。四方八方に散った宇宙船の一隻だけ、気の遠くなるような航海の末に地球に到達したんだと思う。それがオレの祖先だ。祖先たちは、地球で現地人と交配を繰り返し、今まで脈々と血を絶やさず来た。なぜか？　それは稔、おまえに会うためだったんだよ。オレたちが大学で出会う運命のため、祖先は遥かな昔に全滅するはずだったところを生き長らえて地球に来た、そうオレは睨《にら》んでいる。時系列的には逆転してしまうがな、オレとおまえが出会うことに決まったときに、何十万年も前の歴史が変わったのかもしれん。もはや、それすらもあり得ると考えている」

俺の力は時間にも空間にも影響を与えている。

ただ運がいいという結果だけが目に見えているだけなんだとリーダーは語った。

「でも俺も、過去にピンチになったり、酷い目にあったりしたこともあるんだけど」

「それでも心底危険な目には遭ってないだろう。酷い目に遭うのも必要なことだったかもしれない。オレが思うに、気づかずに回避していたこともかなりあるんじゃないか？」

「そう……なのかな」

気づかずにと言われては、どうしようもない。

「まあ、細かい検証はいい。それよりも大事なのは、いまこの瞬間すらも何か大きな意志の中ということだ。一連のことを思い出してみろ。ヤギ商人が現れてから今までのことを」

そう言われてみると、俺の人生はうまくいき過ぎている気もする。そもそも就職に失敗して実家に帰ったところからだろうか。畑を押しつけられて、ヤギ商人と出会って、たまたま持ってた首飾りがヤギ商人の求めているもので、かわりに星をいっこ貰ったんだっけか。

あれからいろいろあったけど、なんとかやってこられたよな。

「するとイリンがここへ来たことも？」

「ああ……何かあるんだろうな、向こうの宇宙で。しかも、おまえに関わる重大事が」

そう言われるとそんな気もしてくる……のか？

「じゃ、イリンを助けるのも？」

「あれがここに来たことも偶然じゃない。おまえのところに来たということは、救出が成功するにしろ、失敗するにしろ、結果は良い方に転がるものとオレは考えている」

「そのことをいま教えてくれたのって……？」

「頃合いだと思ったこともあるし、おまえに教えることがNGだったら、何らかの邪魔が入るだろうなとも思った。それと、最終的におまえが無事でも、その過程はまったく未知数だ。この星が崩壊しても、おまえだけがピンピンしているって結末もある。いうなれば、証明問題の一行目と最終行だけ分かっているような状況だ。なので、応手《おうしゅ》を間違えないように、オレが教えることにした。なにしろ、宇宙の運命がひとつ分だしな。……おまえに結果を引き寄せる力があるということを、しかも時間や空間すら超えて作用していることを正しく認識させたかった。アプローチを間違えないために」

「……………」

衝撃だった。というか、分かってたんならもっと早く教えてくれよ。

でも……リーダーにはリーダーの考えがあったのだろう。

「これでおまえは、おまえにかかわる真実の一端を垣間見たことになる」

「じ、じゃあさ、リーダー。お、俺は、どうすればいい……と聞くのも野暮か」

「それこそ野暮だろ。おまえの思った通りに行動すればいい。それで道は開ける。この星に集まったものはみな必然。使える奴は使って、利用するものは利用しろ。そうして最短を目指すのがいい。犠牲は端から考慮に入っていない。おまえはおまえで、できるだけそれを減らせるように動けばいいさ」

つまり、俺が、俺自身が最短最善の道だと思ったものを選んで、邪魔があったら排除する。

そうすれば最悪――俺自身は無事だけど、それ以外は残念でしたということもなくなるということか。

「……分かった。そういうことならリーダー、改めて手伝ってほしい。イリンの仲間をこの宇宙に呼び寄せたい。同時に彼らが困らないような世界を先に作っておきたいんだ。地球から移住者を募ったときと同じように、場所を作ってそこに来てもらえるようにしたい」

「オーケー。前も言ったが、おまえがオレの力を必要だと思ったんなら、協力するぜ」

「ありがとうリーダー」

その後、俺はリーダーから地球というか、人類が種としてもう長くないのではないかということを聞かされた。

実は、そっちの話も衝撃だった。

俺はその話を受けて、イリンの宇宙救済計画と同時に、人類の移住計画も前倒しすることを決めた。

当然、革新的《ラディカル》なことは反発を生みやすい。だがそれは俺の意志をもって排除すればいいんだ。すべての人に満足いく結末は用意できない。最大公約数の幸福を推し進めたとしても、それに漏れる者はいる。

だから俺は、俺の信念を貫き通す。

他人への寛容性によって目を曇らせることなく、最短で最良と思える道を進むことが恐らく一番なのだろう。

第五章　租界始動

俺は、リーダーの言葉を頭の中で何度も反芻《はんすう》していた。

今まで『運がいい』と思っていた数々の意味を。

不意に何年か前のことが思い出された。

あれは俺が大学二年生に進級し、通学にも余裕がでてきた頃だった。

「あー、何か雲行きが怪しいなぁ」

見上げた空はどんよりとして、今にも降り出しそうだった。乗り換えのため、俺は駅のホームで電車を待っていた。

『三番線、急行まいります。白線の内側までお下がりください』

アナウンスがあり、ほどなくして電車がやってきた。

俺は乗り込み、つり革に掴まりながら、ぼんやりと外を眺めていた。電車は都心へ近づくほどに混み始め、そろそろ身動きが取れなくなりはじめたとき。

――ザァー。

「……降ってきたな」

窓ガラスに当たる雨の雫が、外の景色をうまい具合にゆがめる。

――ピカーッ……ゴロゴロゴロ。

一呼吸遅れて空が鳴りはじめる。

電車の窓から垣間見える景色は灰色に濁り、歩道には色とりどりの傘が咲いた。

「やべっ、傘持ってないや」

そんなことを思ってると、電車は次の駅へと到着し、ドアが開く。

「おっとっと……」

車内からぞろぞろと客が吐き出され、俺も一緒にホームに押し出される。乗り込もうとするが、人並みに流される。慌てて乗り込もうとしたのだけど。

「……あれ？」

運悪く、俺の目の前でドアが閉まった。乗り遅れた俺は、発車する電車をただ見送るしかできなかった。

「なんだよ……まったく」

ツイてない。せっかく乗っていた快速電車なのに。しかも次は普通電車だ。

時刻表を見ると、あと十五分しないと、次が来ない。

暗くなる空を眺めながら、駅のベンチに腰掛けた。だが結局、あの日俺は、電車に乗ることはなかった。

ゴロゴロと頭上で雷雲が騒ぎ出し、バーンという轟音と、バチンと目の前が光ったかと思うと、辺りが急に暗くなった。

落雷によって付近が停電し、駅も電車も機能が停止したのだ。

俺はバスを乗り継いでアパートへ帰った。

あとで知った話だけど、しばらく復旧できなかったため、乗客は線路に降り、駅まで歩いたという。

バケツの水をひっくり返したような雨に打たれ大変だったとニュースでやっていた。

傘を持ってない俺はただラッキーだったなと思っただけだった。運が良かったなと。

考えてみれば、これまでの人生で、あまりに多くの偶然に助けられてきた。俺が気づかないだけで、さらに多くの偶然もあったのだと思う。そのうちのいくつかは、終わった後でリーダーや龍彦たちが教えてくれた。

「ということは、今までの出来事すべて……」

もちろん、リーダーの言ったことを全部、真に受けたわけではない。だけど、わざわざ俺に言うってことは、それなりの信憑性があるってことだろう。もしくは、俺の知らないなにかを掴んでいる可能性もある。

「このタイミングを選んで俺に告げたってことは、イリンの宇宙を救うこと、もしくはその宇宙に残っている種族を救うことが重要なんだろうなぁ」

リーダーは俺がやれるだけやって、でも出来なかった時、諦めるんじゃないかと思ったのかもしれない。なにしろ、いま自分の星のことですら手一杯なのに、別の宇宙のことにまで責任持てないと、科学者たちに丸投げしたかもしれないのだから。

「よし、難しい問題は横において、真剣に取り組んでみよう」

イリンを助ける——頼まれたから人助けするじゃなくて、自分自身の問題として助けてみる……と思ったものの、現実は厳しい。どう考えても、イリンと同じ方法で宇宙を渡ることはできそうにない。

あれでは、質量がほぼゼロのものを移動させることしかできない。

「つまり発想の転換が必要なんだけど、さてどうするか」

馬五郎教授たちは、いま必死になって技術的に可能な方法を探っている。俺がそこに顔を出してもあまり意味はない。というか、話しの内容が理解できない。かといって、この宇宙で広く人材を集めようとしても、戦争屋バロンのような私利私欲に走った有象無象も一緒に集めてしまう。純粋な研究者ですら、意見の対立から、別個に研究していたりする。

なかには、抜け駆けのために非合法な手段に出るものもいるようだし。

「こういうときは、ヤギ商人に相談かな」

あまり頼りすぎるのもよくないが、このさい仕方ない。

俺は腕の通話機からヤギ商人を呼び出した。

『稔殿、何かありましたか？』

すぐにヤギ商人が出た。ありがたい。

「ええ、毎度のことなんですけど、ちょっと相談が……」

『そうですか。別に相談に乗るのは構いませんので、そう畏《かしこ》まらなくても大丈夫ですよ』

「じゃあ、ちょっと時間をとってもらえますか？」

『分かりました。まだ惑星チャンスにいますので、いつでも大丈夫です』

よかった。というわけで俺は、すぐさまヤギ商人のいる場所へ跳んだ。

研究棟にいるのかと思ったら、転移門のそばにいた。誰かを待っているのだろうか。

「……どうも」

俺が挨拶すると、ヤギ商人もこちらを見て会釈した。

「なかなかにこの惑星も活発になってきましたね。珍しい種族も来ているようですので、ついでに商売をさせていただこうと思いまして、彼ら専用の品物を用意しようと思ったところです」

どうやら、太い客が来ているようだ。商売人としては放っておけないのだろう。

「へえ、どんな種族なんです？」

俺としては、社交辞令という意味もあったし、話の前の軽い雑談のつもりでもあった。

「シグ族といいまして、未知の惑星や滅んだ文明を調査したり、遺跡にもぐってトレジャーハンターをするのが得意な種族ですね」

「カメさんたちと同じ感じですか？」

「いえ、それよりももっと荒っぽい種族です。戦闘も辞さないですし、惑星調査の何でも屋といったところでしょうか。私も稀少なアイテムを探すときに利用させてもらっています」

意外や意外。ヤギ商人もそういう種族とつながりがあったのか。

「なんでそんな種族がこんな惑星に？　調査するようなところはないと思うけど」

「西方星域の中でもこの辺は通商圏からもギリギリのところですし、これまであまり注目されることもなかったですね。そのせいか、調査が入ることもほとんどなかったと記憶しております。しかし、最近のあれやこれやで耳目を集めていますので、好奇心が刺激されたのではないでしょうか」

ヤギ商人はそんなことを言ったが、それはつまり宇宙全体の中でも注目度が上がっているということだ。この惑星が狙われることはもうないと思うけど、想像以上に注目を集めるのは避けたい。

「シグ族と交易するためにここにいるんですね」

ヤギ商人は転移門からやってくる品物を待っているのだろう。

「ええ、最近発明されたコーティング素材なんですけど、シグ族の宇宙船にちょうどよいと思いまして」

どんなものか聞きたかったが、ヤギ商人はときどきこっちの文明レベルを忘れるふしがある。まったく理解できないような説明が出てきたりするので、深入りは禁物だったりする。

「えっと、商売がんばってください？」

「はい。気に入ってもらえるのではないかと考えております」

「ところでこっちの相談なんだけど……」

俺はそう切り出した。

現状、イリンの宇宙に行く方法はまだ発見されていない。それは引き続き研究するとして、今回はもうひとつの方だ。

「別宇宙に行く現実味が増したとき、もしかするとこの惑星の注目度はさらにあがるんじゃないかと思うんだけど」

「そうでしょうね。その技術たるや相当なものです。欲する種族は、それこそ星の数ほど現れることでしょう」

「それに対しての防衛？　ちょっと違うか。邪魔をされずにイリンの宇宙に行って、無事戻ってこられるだけの力が欲しいなと思うんだけど……」

俺のこの話に、ヤギ商人は初めて難色を示した。

「稔殿の言いたいことは分かります。けれど、それはかなり難しいことと言えるでしょう。いや……不可能に近いことかもしれません」

「……そんなにですか？」

驚いた。確かに様々な思惑をはねのけるのは難しいだろうと思っていた。だけど、不可能とまで言われるとは思わなかった。

「そうですね、少し通商圏の成り立ちと、その運用についてご説明致しましょう」

「……はい」

「まず、通商圏……これは略称でして、正式名称は『通航商業軍事圏』と言います。宇宙船が安全に運行できる領域を指しておりまして、なぜ安全に運行できるのかと言えば、様々な種族がそこを軍事的に守っているからに他なりません」

なるほど、その辺のことはなんとなく分かっていた。改めて言われれば、「そうだろうな」と納得できることだった。

「通商圏の中にいる種族が、お金か軍事力を出し合い、その一帯の安全を守っているからこそ商売もできるし、安心して移動することもできるわけですよね」

「その通りです。宇宙には多種多様な種族がおります。人を常食とする種族もおります。そのような種族が、外見から判断できるかと言えば、実は難しいのです。一見友好的に見える種族でも、わたくしどもを餌と見なしている場合がありますす」

「人喰い宇宙人というわけか……」

一見してそれっぽい外見してたら分かるけど、高度に発展した文明だと、それこそ生のままバリバリと頭から囓《かじ》るなんてことはないんだろうな。

「それゆえ、いかに種族の独立性を尊び、その保存を第一義としているとはいえ、そのような種族を野放しにできません。根絶やしにすることはしませんが、監視するなり、通商圏の外側へ退場願うことになります。考えかたが相容れないなどの理由で、通商圏から離れる種族もございます。そのような歴史を経て、現在の通商圏が確立されたと申せましょう」

「ということは、移動、商業、軍事なんかがセットになっていて、そこから排除されたり、自ら出て行った種族もいるということ？」

「はい。ですので、今回の件を当てはめますと、通商圏という枠組みで守られているならば、繁栄に協力するのは義務になりましょう。外宇宙の技術や情報など、わたくしたちが知り得なかった未知のもろもろをまったく提供しないというのは、通商圏の理念に外れる行為となります」

あー、なんか分かった。

つまり、今はまだ目処すら立ってないけど、これで別宇宙に行く方策ができた時点で、技術のデータベース登録とかのいわゆる情報の共有が必要なのだろう。もちろん大事なところは秘匿できるとして、ある程度の情報共有は避けられないと。

そうすると、やはり租界の注目度は高まってしまいそうだ。

「……これは困ったな」

方舟計画が進むと、そういう問題が出てくるのか。

「現在租界を宣言されておりますが、それは種族第一主義からすれば問題ありません。ただし、それはあくまで通商圏の範囲においてということになります。ある程度の門戸開放や、通商圏から派遣された司政官の受け入れは同意しなければならないでしょう」

それでどれだけ制限されるか分からないけど、さすがに通商圏とケンカもできないか。

「たとえばだけど、あらたに通商圏をつくるとか、そういうのは無理？」

俺のその質問にヤギ商人はため息をついた。

「稔殿の国にたとえると……そうですね、大阪府が日本国から独立できるかと聞いているようなものでしょう」

あー、そりゃ無理だ。

「新しい通商圏をつくれる可能性がまったくないな」

「この宙域は西方星域の外れとは言え、れっきとした通商圏の中です。これまでその庇護の中にいて急に新しい通商圏を作るので、外れますということはできないと思います。それに通商圏から外れるということは、ここを狙っているあらゆる勢力と戦いになります。得策ではありません」

「やっぱダメか。とすると、なんとか外からの干渉を少なくできるような租界を作るしかないのかな」

「はい。もともと種族の独立性は優先されておりますので、対応できなくなるような干渉もそれほどないかと思います」

「種族間の問題は、自力で解決するんだよね」

「当然です。種族を根絶やしにしたり、奴隷として商品にしたりなどという禁止行為に抵触しなければ、自分たちでなんとかするのが宇宙の掟のようなものです」

つまり、宇宙は甘くはないわけだ。

「じゃあ、租界がうまくいくように知恵を貸してもらえるかな。とくに通商圏とうまくやっていくために」

「宜しいですよ。これだけ注目度が上がれば、誰かが派遣されてくるかもしれませんし」

派遣……さっき言っていた司政官とかだろうか。

ヤギ商人に通話が入ったようだ。腕輪に何か話しかけ、にっこりと笑った。

「稔殿、どうやら商品が届いたようです。見ていきますか」

「ええ……ちょっと興味あります」

技術的な興味はまったくないけど、ヤギ商人の持ってくる商品だ。どんな技術が使われているか、見てみたくなる。

しばらくすると、転移門が光り、ヤギ商人の部下と思われる数人の獣人が現れた。

「これが……？」

「はい。先ほどお話しした、新商品のコーティング素材です」

巨大なスプレー缶がやってきた。なぜやってきたと表現したかといえば、自立歩行してきたからである。やって来たという表現で間違ってないと思う。

細く伸びたノズルと円柱形のボディなので、外見はスプレー缶である。ただし、日本でよく見かけるスプレー缶と違うのは、頭頂部がやや大きくなっているのと、足が生えているところ

だろう。しかも八本。

「この足の形状……どこかで見たことがある」

たしか、高校の時の授業かなにかで。そう、たしか生物の時間に……。

「これを見たことが？　コーティング素材を自動で吹き付けるタイプの新製品だと思ったのですが、稔殿はご存じでしたか？」

「いや……なんだっけ、コレじゃないんだけど……そう、ファージだ。バクテリオファージにそっくりなんだ」

正式名称は忘れた。もっと長い名前だったと思う。体内で自身の分身を増殖させ、ウイルスをまき散らす存在だったはずだ。

「俺が学校で習ったウイルスのひとつに似てるんですよ。なんというか、よりによってという形だけど」

「はあ。ウイルスですか。これはコーティングするに一番適した形態なのですが」

少しだけヤギ商人は、落ち込んでしまったようだ。いや、俺は悪くない……宇宙人のセンスはハンパないなとだけ言っておこう。

でも、ヤギ商人のことを考えて、コーティングロボと呼ぶようにしよう。

「このコーティングロボは、自動で作業とかするんですか?」

自立歩行している段階で想像が付くが、一応聞いてみた。

「ええ、細かい部分まで指定して作業させられますね。便利ですよ」

「そうですか」

ノズルからウイルスをまき散らさないだけマシだろうか。

「ここだと、転移の邪魔になりますので、すぐに移動させます」

ヤギ商人が指示を出すと、部下たちが慌ただしく動き出す。バクテリオファージもどきのコーティングロボが、のそりと動きだした。その後ろを部下の獣人がついて行く。

……シュールだ。とてもシュールな光景だ。

「商談……成功するといいですね」

売れ残った場合、まさかそのまま惑星に放置していくとかないよな。生物テロの兵器と誤解されかねないのだけど。

「ありがとうございます。今までにないコーティング素材ですので、期待できると思います」

ヤギ商人は自信満々だ。きっと大丈夫だろう。

「がんばってください。応援しています。結構、マジで」

人類の精神衛生上、お願いしたい。

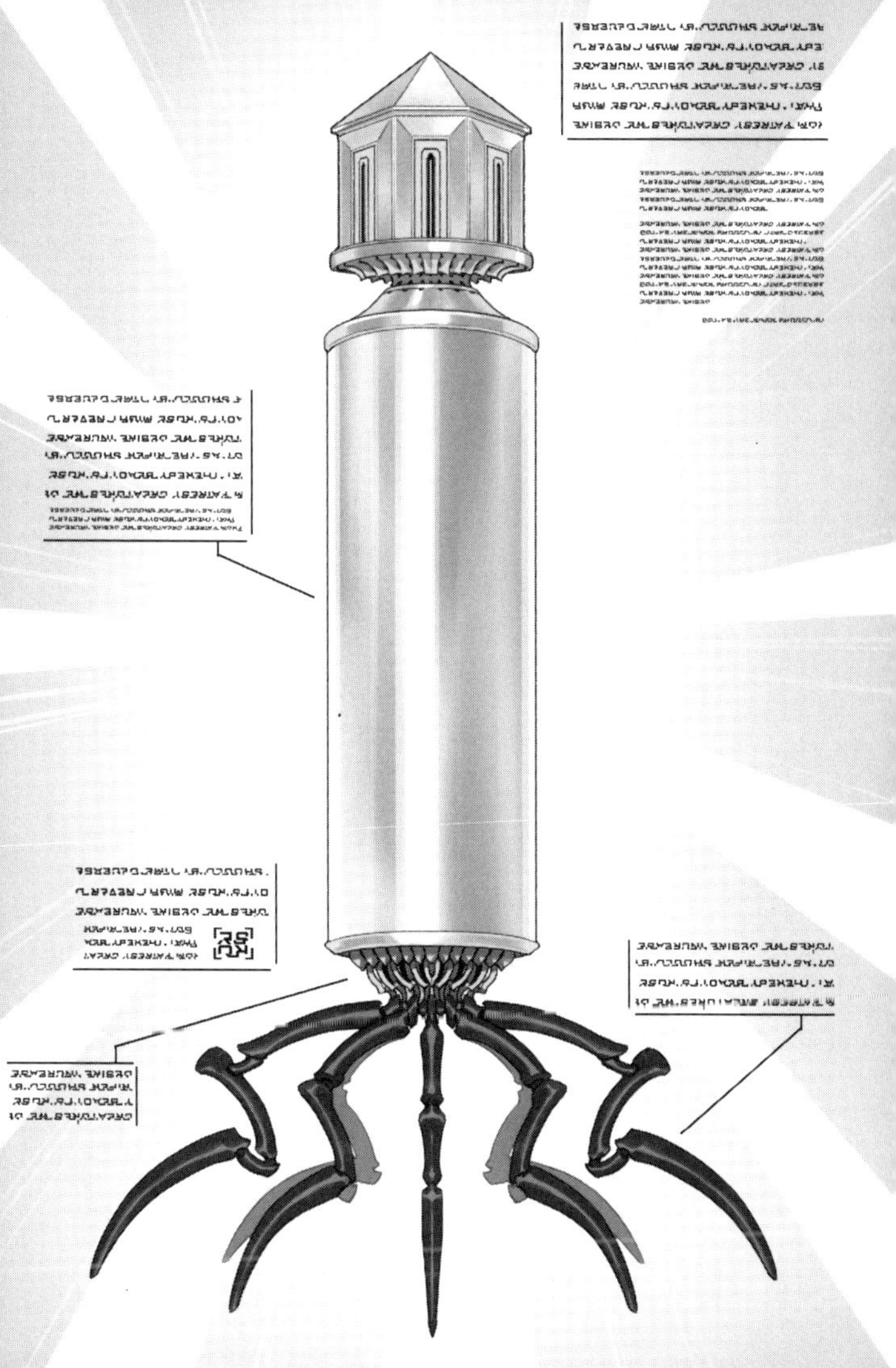

「はい。……ところで、途中になってしまいましたが、稔殿の今回のご用件ですが、司政官の派遣を申請致した方がよろしいと思いますが、どうでしょう？」

「うーん。やっぱ、その方がいいかな？」

「そうですね。遠からず似たような話は出てくることでしょうし、先に申請しておけば、ある程度の希望は通ります」

「希望ですか？」

「はい、希望です。司政官という職種自体はそれほど高い権限を有している訳ではありません。星の運営は星の代表者や守護者がおりますし、航路の安全は軍の管轄になります。司政官はどちらかというと、星に間借りをして軍との調整役や通商圏の代弁者という立場になります。するとどうしても、偏った考えの者も中にはおりますので」

　ヤギ商人が言うには、権益を得たいがために星に対して圧力をかける者や、軍の力を背景に無理をおし通そうとする者もいるらしい。

「そういう人って最初から排除できないの？」

「宇宙は広く、司政官の数も膨大です。数百万を超える人員を把握することはできないと思います。さらに、職務の多忙さに比べれば地位も低く、本来の権限も少ないので、人気がないのです。そのかわり責任は重いです」

　そこまで聞くと、司政官という職は誰でもできるように思えるが、一応狭き門なのだそうだ。

広い知識や専門的な訓練を経て、さらに試験を通ってようやくその資格が取れるらしいのだけど、それだけ努力したならば、別の道も数多く開けているという。なので、人気度合いから言えば、下の方なのだとか。

「そういえば、日本でも介護分野でそういうのあったな。ケアマネージャーなんかは、福祉分野の国家資格と五年以上の実務経験が受験資格になるような専門職だけど、なっても重労働と低賃金で働かされることもあるってテレビでやっていた。それだけでは生活していけないので、社会福祉士や看護士などと兼任しているとか」

この辺は国のあり方が問われることだろうか。国は、現場の高い志に甘《あま》えるなと言いたい。

「そうですね、そういうものに近いかもしれません。司政官は一応軍人であり、階級は下士官と同等のようです。ですので、職務規程には自由な休暇と残業手当がはないとか。知り合いの司政官は酔うと愚痴が凄いですよ」

酔ったら凄いのか。どう凄いんだろう。まあ、だいたい分かるけど。

そういえば、ヤギ商人なんかも、結構ストレスを溜めていそうなんだけど、酔うとどうなるんだろう。

普段は穏やかな性格をしている人、というか獣人に限って、凄かったりするし。酔って暴れる人なんかを、『トラになる』なんて言うけど、ヤギが酔ってトラに……うん、こっちもシュールだ。

「稔殿、どうされました？」

「いや、ちょっとどうでもいいことを考えていただけです。……それで司政官の話だけど、希望としてそういう『やっかいそうな人』を避ける感じでいい？」

「はい。なるべく穏やかな人をお願いしておきましょう。ほかにも、租界を運営しますので、種族の保護を積極的に考えてくれる者がいいでしょう。あと、できれば通商圏の法関連に明るいといいでしょうか。そのような条件で書類を作成しておきますね。これは決まった書式がございますので、それを埋めればいいのですが、最終的には星系の資料は作成しないといけませんね。すべての資料が出来上がれば、許可申請を出すことになります」

「その許可申請は、どうすればできるの？」

「通商圏の本部にて行うのが一般的です。実はこの惑星チャンスの周囲はまったくといっていいほど、有人惑星がございません。ですので、今まで通商圏の星図からも無政府状態として放っておかれました。人もいない星の集まりですので、政府はないのですが」

「そうだったんだ」

「航路はあっても、誰も通りませんから」

なるほど、人跡未踏の地に、道だけあってもだれも通らないよな。

「こちらから許可申請を出すにしても、その範囲は通商圏で決めることになると思いますので、事前打ち合わせなどが必要かもしれません」

「そうか、そういうことなら、最後はリーダーに行ってもらおうかな」

忙しいようだったけど、協力してくれると言っていたし。

「通商圏の本部までは転位門を利用できますので、本部の座標は登録しておきましょう」

「よろしくお願いします」

ヤギ商人との会話で、この先の展望が見えた。今日話せて良かった。

この調子で、イリンの宇宙へ行く算段がつけばいいんだけど。ちょっとそっちの様子も見てみようか。

俺は、馬吾郎教授のもとへ跳んだ。


宇宙を脱出するには、シンクタンクによる専門的な研究がいる。

そのために、現在いくつかの研究チームが出来ている。

彼らのために、ある程度の情報は渡し済みであるが、イリンがもたらした技術的な情報だけではまだ足りない。つまり、そこからはこっちでの研究がものをいうのだ。

といっても、この宇宙にある技術力でどうやって他の宇宙に行くか、それを考え、実用可能な技術として開発し、完成させるのにどれだけの時間がかかるのか。もしかすると……宇宙崩壊に間に合わないかもしれない。

俺は研究所の入口で馬吾郎教授に会いたいと告げると、教授の部屋へ通された。

「どうも、稔です。何か進展はありましたか？」

「あったぞ。あまり多くはないがな」

「そうですか。……それはどんな？」

「うむ。シーリン族というのは大した種族じゃな。外殻宇宙論の検証作業がほぼ終了した。この宇宙でも理論が正しいと観測結果から証明された」

「レポートにもあったあれですね」

「うむ。いくつかの観測結果からの結論だから信頼していいだろう。これで平行宇宙ではなく、外殻宇宙という形で別の宇宙が存在していることがほぼ確定された。この外殻宇宙論では、宇宙はひとつの大きな卵のようなものとしておる。そして、卵の中から外へは出ることが極めて難しい」

「ええ、つまり別宇宙に行く手段がないってわけですよね」

イリンのような質量を持たない種族以外は。

「そうじゃ。ではなぜイリンがこの宇宙に来ることができたのか」

「えっ、それはイリンの宇宙から外の世界に出るエネルギーを確保したからじゃないですか？」

「うむ。莫大なエネルギーを使い、質量ゼロのイリンが外殻の外へ出た。そしてこの宇宙に来ることができた。問題は、なぜ『この宇宙の外殻』を越えることができたのかということじゃな」

なるほど。殻を越えて外へ出ることだけ考えていたが、この宇宙にも当然殻があるのだ。

つまり、イリンは二度殻を越えた？

「どうしてこの宇宙へ来ることができたんです？」

「それはエネルギー準位で説明できる」

「…………はっ？」

「ふむ、分からんか。少し詳しく説明しよう。この外殻宇宙論という呼称は、宇宙の状態をよく表しておるが、別に宇宙の外側にそって固い殻があるわけではない。それは分かるな？」

「それは……分かります」

詳しくは分からないけど、そんなものだという認識は持っている。

「その外殻に当たる部分には、軌道上に強い抵抗値が存在しており、そこを越えようとする物を阻むわけだ。そのポテンシャルたるや、宇宙船でどんなに加速しようとも得られるものではない。でだ、そこをエネルギーの溜まる境界とでもしよう」

「エネルギーの境界ね。これも分かる気がします」

「こういうものが量子の世界では普通にあってな、たとえば原子の周りを廻る電子のようなものだ」

「ああ、K殻とかL殻とかか」

「うむ。電子殻が分かればそれでいい。外側にある殻は内側よりエネルギーが高い状態であるのだが、先ほど言ったように量子の世界では、このような状態で存在しているものはよくある。そしてその性質として、内側から外側にひとつ殻が上がる時にエネルギーが必要となり、逆の場合、エネルギーが熱や光、もしくは別になにかとなって放出する必要があるのじゃ」

一気に難しくなった。自分でかみ砕いてみよう。

「それを外殻宇宙論にたとえると、殻の外殻から中身の宇宙に行くには、エネルギーを放出するだけで行けるということですか?」

「そういうことじゃ。エネルギー準位の高いところから低いところへ移る時に放出されたエネルギーが以前観測されたアレだな」

「謎の電波や爆発、クレーター、それにともなった地震などか」

「うむ。つまりだ、外殻を突き破るのは難しくとも、外からこの宇宙に来るのは難しくはない、いや、エネルギーから言えば、必然とも言えるのじゃ」

つまり、エネルギーの観点から言うと、宇宙の外にいる状態ですでに多くのエネルギーを持っていて、それを失いながら殻の内側へ落ちていくような感じになるらしい。

「そうすると、一度宇宙の外……外でいいのかな。そこへ出ても戻ってくるのは容易なわけですね」

「外殻の外へ出るのに比べたら百倍、いや万倍も簡単なことだな」

ということは、行って帰ってくるということを考えたら、二回外殻を越えることを考えればいいわけだ。労力が半分になったと考えれば、良かったと言えるのかな。もっとも、まだ外殻を越えるメドは立ってないのだけど。

なるほど、進展があったというのは、そういうことか。

「ありがとうございました。今の話だけでも希望が見えた気がします」

「うむ。いま報告できるのはここまでだな。まだまだ研究する余地が残っておるし、これからも期待するがよい」

意外と強気だ、この馬。いや、教授だけど。

だが、この調子なら、本当に宇宙を越える手段が見つかるかも知れない。

俺は礼を言って、研究所を後にした。


今度はリーダーのところにいく。今日は何かと忙しい。

「よう、どうした？」

「リーダーに行ってもらいたいところがあるんだ」

「……唐突だな。だが、必要なことなんだろ？」

「うん。惑星チャンスを、いやこの星域の安全と、別宇宙から来る、種族の安全のために」

「すると、租界関連か？」

「そうだね。だけど、行ってもらいたい場所は、通商圏の本部。そこで交渉して、こっちの要望を叶える司政官を派遣して欲しいんだ」

俺はヤギ商人との会話をリーダーに語った。

できるだけ詳しく、そして今の状況や俺の気持ちも。

俺は自分の意志でイリンの願いを叶えることにした。できるかどうかなんて考えない。

この惑星に来たのが偶然でないなら、俺がやるしかないのだ。

俺の運の良さを持ってしてもできなければ、この宇宙の誰もできない。おそらくはそういうことだと思う。

すべての話を聞き終えたリーダーは、しばらく真面目な顔をして考え込んだ。

「つまりあれか、租界でその宇宙の全種族を背負い込むんだろ？　ほとんど神の所行だな」

「えっ、そうなるの？」

「向こう側の視点からすればそうなるな。まっ、そこまで行かなくとも救世主くらいにはなるはずだ。大変なことだぜ。だが、お前がそう決めたなら従おう。いいじゃねえか。宇宙ひとつくらい面倒見ろよ。今までだって星いっこなんとかやって来たんだから」

星と宇宙とじゃ大きく違うと思うけど。

そうか、こっちとしては生活できる場所を提供するつもりでいたけど、向こうからすれば、救世主なのか。

　でも俺のイメージは、派遣村を作ってる感覚なんだよなぁ。

「じゃあ、本部に行ってくれる?」

「ああ、司政官ってのを連れてくるんだろ?　オーケーオーケー」

　相変わらず軽い。本当に分かってるんだろうか。

　リーダーのことだから、大丈夫だとは思うけど。

「ヤギ商人が書類を作ってくれて、手続きの詳しいやり方は教えてくれるから。あと、転位門で行けるって。もう座標は登録済みらしい」

「そうか。ヤギ商人はどこにいる?」

　俺は指輪から、ヤギ商人をサーチした。

「まだ町にいるね。そういえば、こっちに来ている種族に、宇宙船のコーティングを売り込むとか言ってたっけか」

　見た目がウイルスのコーティングロボを思い出してしまった。

「なら、そこまで送ってくれ。あとはこっちでやる」

　リーダーに言われて、俺はヤギ商人のところまで送った。

　その翌日、準備を整えたリーダーは、転位門から旅立っていった。

　通商圏の本部へは事前通達がない場合、別のターミナル惑星へいったん向かうらしい。

本部へ転移する許可が下りるまで早くて二、三日はかかるという。

「まあ、十日以内には戻って来られるでしょう」

とはヤギ商人の弁である。

「これでいい司政官が来ると嬉しいんだけど」

「牙殿でしたらごうい……げふんげふん。うまくやるでしょう」

ヤギ商人の横顔に、汗が一滴垂れたのを俺は見逃さなかった。

○

リーダーが通商圏の本部に行ってからちょうど一週間後、腕輪の通話機を通して、許可申請の提出が無事完了したという報告が来た。あとは実際に許可が下りるのを待つだけだ。

一応、何度かリーダーとやりとりはしていたけど、詳しい話は聞いていない。

思ったより早く済んだなと少しだけ思っていたらリーダーが、「ちょっと知り合いが出来たんで、少し星を回ってくる」と言い出した。

「ど、どういうこと?」

さすがにこの行動は予想できなかった。

『こっちで知り合った奴がいてな、そいつと一緒にちょっと行きたい場所があるんだ』

「えっと、帰りはいつ頃になるの？」

『そうだな……十日はかからないと思うぜ』

観光に行きたいとか、そういうことではないのだろう。きっと意味のある行動だ。

そう、リーダーはきっとこの星のことやイリンの宇宙を救うために動いてくれているんだ。

きっとそうだ。そうだよね？

だったら俺は、リーダーの行動は邪魔しないようにしよう。

……でもなんか、同じようなことが以前あったな。そう、地球で。

「そういえば、リーダー」

『……ん？　なんだ？』

「以前、俺の実家に来てから家の契約に行った後、呑み歩いてたよね」

『あー、あったな』

あのときはリーダーを信用してたら、見事に裏切られた。朝見たら、ひっくり返って寝てたっけ。

「リーダー？」

『ん？』

「一週間で帰ってきてね」

『お、おう』

何かを察したのか、リーダーはいつになく素直だった。

実際のところ、この星でのリーダーの仕事は、地球の動物を馴染ませられるのかを探ることで、十年程度のスパンを使って経過観察する必要のある、気の長いものだ。今更、帰ってくる日数が数日伸びたところで、何が変わるわけではない。

だが、あまりリーダーを野放しにすると良くない気がするのだ。

「じゃ、一週間後に」

果たしてリーダーはまっすぐ帰ってくるのか。


リーダーが通商圏の本部に行ってくれたことで、物事はスムーズに進んだ。

リーダーから連絡があった数日後には、惑星チャンスに調査員がやってきた。

「はやい。どこかの国のお役所も見習って欲しいわ。どこかと言うか、日本なんだけど」

やってきた調査員は、ファンタジーゲームに出てくるコボルドのような外見で、痩せた犬が二足歩行したような感じだった。

なんとなく木っ端役人の格好がよく似合ってる。いや、これは偏見か。

初対面だからだろう。横一列にならび、調査員たちは挨拶をした。

「右からハック、ウェラ、クーニヒ、ゲイラ、トッモソです。短い間ですが宜しくお願いします」

五人の調査員が敬礼した。軍人さんみたいだ。

「どうも、星の守護者をしてます矢羽根稔です」

しかし、外見はどう見てもコボルドなので困ってしまう。これがゲームなら剣で斬りかかるんだけどと、不謹慎なことを考えていると、ハックが書類と投影機を差し出した。

投影機からは、この周辺の星図が、３Ｄで浮かんでいる。

「まず、司政官が派遣されることを前提にお話をさせていただきます。司政官の職務をこなす司政室と、その住居はすべてこちらで用意します。ほとんどの場合、どの星でも同じ建物が使われます」

「つまり他から持ってくるわけですね」

「その通りです」

おそらく使いやすいようにカスタマイズされた屋敷のようなものをポンッと置くのだろう。防犯上の意味もあるかもしれない。

「ではこちらはその場所の提供をすればいいんですか」

「そうです。また、星に小型宇宙船の発着場を設置する許可を頂きます。重要なものは、転位門を使わずに運び入れますので」

「なるほど。危なくないものを持ち込むんでしたら、こちらは構いませんよ」

司政官は通商圏本部でお墨付きの人材だ。とくに気にすることもないだろう。

「ありがとうございます。次に、司政官の職務において、守るべき星域を決める必要がございます。これについてはこちらで星図と有人惑星の数、航路を通る商船の頻度や、警邏《ら》する軍船の行動範囲を元に決めたいと思います」

「えっと、租界もそれに考慮されますよね？」

重要なことなのでしっかりと聞いてみた。

「はい。この惑星と租界を含む一帯は、かならず星域に入るように致します。ただし、のちの話になりますが、司政官を置く場合、星にクレジットでの支払い義務がございます。これは通商圏に存在するすべての有人惑星が対象となっております」

安全をお金で買うという感じだろうか。

「分かりました。輸出する産業がないと、外貨――クレジットが稼げないわけですね」

「はい。その辺は司政官が派遣されてから、共に考えるとよいでしょう。星域が決まりましたら、開放度を設定し、通行料なども決めます。これは一度決めてしまうと、司政官の許可なく変更はできなくなります」

何か分からない言葉が出てきた。

「開放度というのは？」

「通商圏は、商業を中心としているため、そこに来る宇宙船を拒むことはできません。ですが、許容量《キャパシティ》を越えてしまうと、エネルギーや食糧不安を引き起こします。外からやって来る宇宙船の上限を設定したり、立ち入り禁止区域を設定したりすることで、過剰な来訪を押さえることができます。それと立ち入り区域が設定されてない場合、不意に惑星へ宇宙船が着陸するということもありますので」

「なるほど、そういったもろもろを設定するわけですね。それで、一度設定すると司政官の許可を得ないと変更できないと」

「そうです。というのも、このような決まった内容は全宇宙に公開されますので、コロコロと条件を変えられると困るわけです」

そりゃ約款《やっかん》や規約がコロコロ変わったら困るよな。

「なるほど、分かりました。他には？」

「とりあえずはそんなところで。これ以降、私どもが調査し、司政官が来るまでにすべての業務を終わらせようと思います。様々な場面でご協力を仰ぐことがあるかと思いますが、その節はよろしくお願いします」

調査員は敬礼するので、俺も返礼した。見た目コボルドだけど、やたらと礼儀正しい。

ふと思ったが、さっきの敬礼は宇宙共通なのか、それとも地球の風習を学習してきたのか。

調査員は手分けして作業しているらしく、五人一緒でいるところをあまり見かけない。いつもひとりかふたりで行動している。

今回、俺は司政官が拠点とする場所の選定を頼まれた。

ヤギ商人と相談して、利便性が高くて、あまり邪魔にならない場所をいくつか選んだ。

その中で優先順位をつけて、一番と思われる場所に調査員を案内した。

「この辺りですか？」

「そうですね、条件に合う中からここが一番いいかと思ったのですが、どうでしょうか」

司政官が利用する建物は、それほど大きなものではないらしい。

地上四階、地下三階の建物で、倉庫や宇宙船の発着場などを入れても東京ドーム程度の広さがあればいいとのこと。よって土地が余っている惑星チャンスではどこでも設置可能なのだが、いくつかの条件があったので、それに合う場所を探したらここになった。

その条件というのも、転位門まで陸続きであること。それほど離れていないこと。付近に高層の建物がないこと、上空を飛ぶ機体が少ないこと、宇宙船の発着に適しているなどである。

すでに転位門の周りはある程度の区画整理がなされており、かつての草原のままではない。建物こそ建ってないものの、数多くの高速シャトルが飛び交っている。さすがにその近くに建てることは難しい。

結局、転位門から十キロメートルほど離れた高地に決まった。景観がよく、とても見晴らしの良い場所だ。

その他の細々としたことは、流れるように決まっていったが、ひとつだけ予想外のことが起きた。

「稔殿、どうも星域が思ったより広く設定されておりますな」

ヤギ商人は、星図を見ながらそんなことを言った。

「やっぱりそうですか？　見ると結構広いなと思ったんですけど、そんなにですか？」

「通常、文明が発達した星域ですと、司政官の仕事も多くなりますので、ひとつの星系でひとつの星域というのが普通です。さほど文明が発達してなければ、近隣の星系をまとめてひとりの司政官ということも多いです」

つまり担当する範囲は、平均的な仕事量になるように決めるわけか。

「この星域の場合、どうなんです？」

「もともと申請したのが、この惑星と租界として宣言したいくつかの星系ですから、それだけでもかなりの広さにはなっているのです。ただ、提示された星域は、そのおよそ二十倍ですね。西方星域にある通商圏の端からも少しはみ出しているかもしれません」

それは多いな。

「二十倍ですか。それはどういう意図を持って決めたと思います？」

「ひとつには付近にまったく有人惑星がないため、もうひとつは西方星域がこれまでほとんど通商圏として注目されていなかったためでしょう。今まで足がかりがなかったこと、さらに今後の発展が見込まれるために、星域としてあらかじめ押さえておきたいということかもしれません」

「あらかじめ押さえておきたいというのは？」

「普通の星を惑星改造によって居住できる惑星に改造することも可能ですので、だれかがそのようなことをするかもしれません。先に星域として司政官の関知する所にしておけば、何をするにも司政官の許可が必要です。開発の際にクレジットも入ってきます。さらに、惑星改造についても初期から監視しておけますので」

「つまり、今まで誰からも必要とされなかった荒野があって、そこにオアシスができたから近くに町ができるかもしれないので、先に国土宣言したってことかな」

「そのような解釈でよろしいと思います。ただ……」

「ただ……？」

「星域が広ければそれだけ警邏《ら》する軍船の行動範囲も広がりますし、本部に納めるお金もそれだけ増えることが考えられます」

「あー、安心税みたいなものか」

「ええ。供託金でも税金でも協力金でもみかじめ料でもなんでも良いのですが、提示された一定金額は納める必要が出てきます」

　こういうところは相変わらず世知辛い。

「ダメもとで聞いてみるけど、星域を狭くすることは？」

「無理ですね。それを決めるのは通商圏ですので」

「宇宙を国にたとえると、俺みたいな国民は、いやこの場合、村長とか市長になるのかな。それが勝手に国土の線引きはできないですものね」

　ここでケチって、あとでトラブルになっても困る。諦めて払うしかないかな。

「まあ、金額にかんしては交渉次第でいくらかは減らせるでしょう。そもそもこの惑星は移民星の扱いになるので、本来母星よりも少ない金額でことが足りるはずなのです」

「俺の母星って……地球だよね」

「ですから、その辺をうまく突くとよいかもしれません」

　ヤギ商人のアドバイスを聞きながら、だれにその役目をやってもらおうかと考えたのだけど、リーダーくらいしか思い浮かばなかった。

「……でも、こういう交渉をリーダーがやると、かえって怒らせる気がするんだよなぁ」

　いったん棚上げにしようと思ったところで、そのリーダーが帰ってきた。

「いやー、なかなかに愉快な旅だったぜ」

　どこへ行ってきたのか、リーダーは日焼けして帰ってきた。

「おかえり、リーダー。……で、その人は？」

　転位門からリーダーが現れたのを指輪が知らせてくれたので、俺はすぐに跳んだのだが、そこに居たのはリーダーともうひとり……一匹？

「オクト族のグラーバスくんだ。俺がスカウトしてきた」

うん、要領を得ない。

「どういうこと？　というか、今までどこで何やってたの？」

急に一週間も帰るのを伸ばした理由をまだ聞いてない。

「どこから話せばいいか……」

リーダーは思案顔で腕を組んだ。

「簡単にね」

「そうだな、じゃ、あれと出会ったところから始めようか」

リーダーが遠い目をした。長い話になるのだろうか。

なんでもリーダーは通商圏の本部へ渡る許可を得るのに、数日間足止めを受けたのだという。暇にあかせてあちこち観光がてら移動していたら、場末の飲み屋で知り合ったのが、本部から帰るところだったという元軍人。

意気投合したふたりは朝まで呑み明かしたという。ああ、やっぱりだよ。

「元軍人と言っても予備役というわけでもないらしい。で、再就職するために本部へ登録しに来たんだと」

「そういうのも登録するんだ」

「おうよ。あそこは星ひとつがでっかい受付と事務室みたいなもんだな。いろんな情報と必要な人材が集まってる感じだったな。で、こっちの事情を話すと、いろいろと知ってることを話してくれてな。司政官が連れてくる人材は、あくまで星域を管轄するためだけにいるらしいんで、星からの細々とした要望や金の計算や住民との連絡を取り持ったりする役割がいないとうまく回転しないらしい」

「なるほど」

「細かいとこは省くが、そいつが言うには、司政官との緩衝役に都合の良い人材がいるっていうんで、オレがスカウトしにいったわけだ」

「それがこのオクト族のグラーバスさんてことでいいのかな？」

「おう」

オレはグラーバスさんを見た。まず外見がアレに似ている。全体的に赤いフォルムに柔らかそうな肌。手……というより触手のようなものが八本ある。

「……タコ？」

「……っぽいよな」

昔あった火星人の想像モデルがあるか、あれが赤くなって、もっとタコに似てきたと思えばいい。

「どうも、ワテがグラーバスいうもんですわ」

ぐにゃりと身体を曲げて挨拶をしてくる。

「それはどうも、ご丁寧に。矢羽根稔です。星の守護者やってます」

「星の守護者でっか。それはごっつぅ、お偉いさんですな」

触手を一本ひらひらと出した。握手かな？　と思ったので、俺は手を出すと、グラーバスさんは器用に触手を絡めてきた。

「よろしく」

「よろしゅーたのんまっせ」

グラーバスさんは通商圏の共通語で話してくれているのだけど、なんとなく、翻訳が困っている印象を受ける。グラーバスさんの口が発音に向いてないのかも知れない。

さて、このタコに似た彼だが、俺は『八っちゃん』と呼ぶことにした。

それを伝えると「好きに呼んでおくんなせえ」と言ってくれた。

こうしてオクト族の八っちゃんが、新たに仲間に加わった。

第六章　新たなる発見

オクト族の八っちゃんは、タコから進化したのかと思ったので、聞いてみた。

「いや、わての星は住むにはとても厳しい環境ですねん。地上は一年中強風にさらされておりまんねんよ。なので、わてらの種族は地中で暮らしておるんや。つっても、穴掘る技術があったわけでないんやけどな。まあ、そういうこって、ご先祖さまも海から来たって訳ではないでん」

どうやら違ったようだ。

八っちゃんの星は、大地のいたるところに空洞が存在し、その中を移動するために骨が軟化し、どんな状態でも掴まることができるようにと、手が触手のようになったらしい。海由来ではなかったのだ。紛らわしい。

「やっぱり、これは吸盤なの？」

「そうでんな。きゅううううってやると、もう引きはがすことはできなくなるねん」

八っちゃんは、古き懐かしい火星人型モデルでもなければ、タコの進化形モデルでもなかった。ではなんだろう。

「しいていうなら、地底人？」

「おお、そんな感じでんな」

ちなみにモグラの同類かと聞いたら落ち込んだ。明確に違うそうだ。

この八っちゃん、リーダーがスカウトしただけあって、すこぶる優秀だった。

俺たちではよく分からない事務処理が、かなり残っていたのだけど。

「司政官が来る前にやっちゃいまひょっか。ちょいと修正をかけるのが、ありまんねん」

八っちゃんは、調査官から渡された資料と星図をざっと見ただけで分かるようだ。

「フォーマットは、他で使われているものとまったく同じよって、ちょちょいとやりますわ」

持参したのはパソコンのようなものなのだろう。半透明なディスプレイを呼び出すと、四本の触手を器用に使って、何かを高速で打ち込んでいく。やばい、惚《ほ》れてしまいそうだ。

「わては同時に五つのことをできるマルチラスクでんがな」

いろんな味が楽しめるラスクか何かか？　そんなわけないか。

「それって、マルチタスクのこと？」

「そうそう、それや。なので、この状態でもおしゃべりは可能でっせ」

聖徳太子は十人の声を聞き分けたと言うけど、八っちゃんの方が凄そうだ。

人の四倍のスピードで書類が出来上がっていく。そしてマルチなラスクに少しだけなごんだ。

最後にラスクを食べたのはいつだっただろうか……地球が恋しくなった。

俺が遠い目をしている間に、凄い勢いで何かが出来上がっていく。

「それで今は何をやってるの？」

「最初に取り交わす条件の設定でんな。とくに租界関連は慎重に漏れなく記載せにゃあかんよって……ここら辺はあとで説明しながら一通りのチェックを頼んます」

八っちゃんは惑星チャンスに来る前にリーダーから一通りの説明は受けたようだし、書類作成は任せてもいいのかなと思う。

「じゃ、終わったら教えてください。……連絡先を交換しましょうか」

八っちゃんとは、腕の通話機で電話できるようにした方がよさそうだ。それならいつでも連絡が取れる。

その翌日、前回馬吾郎教授と会ってから、もう半月が経ったわけだが、なんと別宇宙に行く切っ掛けが掴めたらしいと報告があった。もちろん、切っ掛けというくらいだからあまり期待はしていないのだけど、それでも進展があったのが嬉しい。

俺は馬吾郎教授に会いに行った。

いつもの研究室に向かうと、馬吾郎教授ともうひとり、カールくんが控えていた。

「おおう、来たな」

馬吾郎教授がこっちへこいと手招きをした。

「どうも。何か進展があったようで」

「うむ。まず見てもらいたい資料がある」

そう言うと、控えていたカールくんが資料を渡してくれた。

「どうぞ。ちょっと分かりにくいかも知れませんけど」

日本語で書かれたそれは、半分以上が意味不明の数式でできていた。あとグラフ？　これは、説明されても分からないな。

「これは？」

「理論的なものなので、まだ何の確証もないのだが、資料の六ページ目、グラフを見てもらいたい」

さてさて……難しい説明をされても分からないけど、まずは聞いてみよう。

「変な波形ですね」

心電図のような不規則なギザギザがグラフに記されている。

「これは、最初に観測されたノイズを成分分析したものだ。大きく尖っているのが、一般の計器でも観測できるレベルのものだが、それ以外は、今回はじめてグラフとして視覚化した」

「つまり、絶え間なくノイズがあったってことですよね」

「うむ。でだ、この波形は一見するとランダムのように見えるが、深く解析したらおもしろいことが分かった」

「えっと、俺は研究者でも学生でもないので、簡単にお願いします」

「そうじゃな。結論だけ言おう。これが三角波《さんかくなみ》によってできた波形と言えば分かるかな？」

あれ、分からないぞ。簡単に説明してくれたんだよね、いま。

というか、三角波ってなんだっけか。

「えっと、なんでしたっけ？」

なんとなく基本的な話をしているんだろうなとは思ったが、分からなかったので聞いてみた。

「三角波とは、進行方向の異なるふたつ以上の波が重なりあってできた波のことじゃ」

俺は埒があかなくなるのを防ぐため、カールの方を見た。

「海難事故ってあるじゃないですか。よく波で船が転覆しやすい場所ってあるんですが、そういうところはだいたい三角波が出来やすいところなんですよ」

さすがカール。うまく助け船を出してくれた。波だけに。

「ああ、そういえば聞いたことがある。小さな波が重なって、大きなひとつの波になるんだっけ？　ということは、この波形もそうなのかな」

「そうじゃ。そして、波の出来具合からすると、外殻宇宙論にひとつの仮説が生まれる」

「………ふむ」

「実は外殻には異なる二種類の殻があることが分かるのだ。もし一種類しか無い場合、三角波はできるはずはない」

殻がひとつしか無い場合、殻を抜けた先で素元波《そげんは》として円状に広がるのだという。

素元波は一応知っていた。

そうならずに、波が四方八方に出口を探して動き、重なり合って三角波となったときに、ようやくこの宇宙に抜けてくるらしい。

三角波によってできた高波になってはじめて殻を越えるのか。

「ということは、別宇宙に行くには二種類の殻を越える必要がある……そういうことですか?」

「その通りじゃ。そして内側のひとつを超える方法は……このカールが見つけだしてくれた」

「………えっ?」

俺はこの惑星をヤギ商人から貰《もら》って、様々なことをしてきた。

宇宙に住む多くの種族と交流、日本を中心として、世界中の人たちを極々少数だけど、この惑星に招待した。

この目の前の青年、カールくんはその中のひとりであり、地球人だ。気の弱そうな外見をしたどこにでもいるような青年で、馬吾郎教授が教えている学生。

少なくとも、第零文明という宇宙的にみて文明が発達していない星の人間が、別宇宙に行く方法について何かを見つけるなんて思っていなかった。

おもわず俺は、カールくんを二度見した。

彼は小さく頭を下げ、「そうなんです」と小声で言った。どうやら本当のことらしい。

「教授、どういうことなんです?」

「まあ、驚くのも無理はないが、紛れもなく彼が見つけてくれたのじゃ。この宇宙に近い側にある殻を脱出する方法をな」

　馬吾郎教授が宇宙を包むふたつの殻の性質が一体何なのか、必死に考えていたのだという。ちょうど講義に使った資料を運びにきたカールがいたので、何の気なしに聞いてみたらしい。

　簡単な殻の説明をした後、こう言った。

「宇宙に見えない膜があって、それを越えたい場合、どうすればいいかのう？」

　それに対し、カールくんはしばし考えてこう答えたという。

「前から不思議に思っていたんですけど、転位門の仕組みって、こっちとあっちで同じ状態を造り出して、重ねるんですよね」

　空間を重ねて移動させるという手法を取るのが転位門らしい。

「そうじゃな。それで？」

「位相航路を小型宇宙船が行き来するのは、空間に穴を開けていく感じじゃないですか」

「確かにそうじゃ」

「僕の家は八百屋なんですけど、果物の糖度を調べる時って、別に果物に穴を開けてその汁の甘さを計ったりしないんですよね」

「……何がいいたい？」

「何らかの波がその膜を通過できるってことは、ある程度小さなものならこっちの宇宙からその膜の外へ送ることができるんじゃないかなと思うんです」

「たしかにできるが」

「だったら、膜の外に出られる大きさのものを使って、後で組み立てたらどうかなと思って……」

その言葉を聞いた馬吾郎教授は、カールくんの言ったことをゆっくりと考えたという。

空間を移動する場合、いくつかの方法があるが、そのどれもが力業で空間をゆがめて使うものだ。昔からその方法をとってきたし、それが唯一の方法だと考えられていた。カールくんは空間を同調させ重ねるようなこともせず、穴を開けることもしない方法で可能性を示してみた。

実際可能かどうかは分からないが、空間そのものに干渉せずに抜けようという発想は、馬吾郎教授にはなかったと言っていい。

「なまじ技術があるために、どうすれば既存の科学技術で殻を抜けるかばかり考えていた。外殻宇宙論の肝は、宇宙の外側が固い殻で覆われているところにあった。薄い膜と、外の殻と二重構造になっておることも分かったが、その膜を越える方法はいまのカールの案がヒントになった」

「膜を越えられるほど小さい状態で、向こうで組み立てることはできるんですか?」

「うむ。その辺はまだ分からんな。今はまだ膜を越える理論としてのみ言及した感じじゃ。だが、この発想を捨てるには惜しい」

馬吾郎教授が言うには、内側の膜――内殻《ないかく》と呼んでいるらしいが、それは外殻同様、きわめて強固。そもそも簡単に越えられるのなら、過去から今までの様々な実験でその可能性は示唆されていただろう」

あくまでも理論上は可能なだけで、実現可能かは実験をしてみなければ分からんがなと、馬吾郎教授は言った。

「内殻はどうも格子《こうし》みたいな感じかと思っていたんですけど、またそうでもないようなんです。不思議な殻みたいですね」

「そうなの？」

「格子状になっているとか、小さな穴が開いているとか、薄い箇所があるとかそういうものとも違っているようなんです」

カールくんにしてもよく分かってないらしいが、ノイズを観測した結果だと、特定の波形はよく通すらしい。他の波形のほとんどは反射されてしまうとか。

「問題は内殻を通過できても、外殻はもっと強固みたいですけど」

「そういえばそうか」

最終防壁は厚い。前途多難か。

「ここまでは分かりました。また、少しでも進展があったら知らせてください」

俺は馬吾郎教授にお礼を言って、その場を後にした。

この調子なら、遠からず良い方法を見つけてくれるかもしれない。

カールくんの発想もよかったし、次に来る時は問題が一挙解決とか、期待してしまいそうだ。

数日後、惑星チャンスの上空に軍船が来るので、承知しておいて欲しいと通達があった。司政官を連れてくるらしい。

建物も一緒に運んでくるので、一度にすべて済ませてしまうつもりなのだろう。

「こっちの準備はできておまっせ」

さすが八っちゃん、頼もしすぎる。

司政官が仕事を始めたら、八っちゃんはそっちに詰めてもらう形になる。

「軍船っていうことは、通商圏が持っている艦隊なんだよね」

「そうでおまんな。跳躍門《ジャンプゲート》から送られてくるんで、通常は駐留しないはずなんやが、立ち上げのときは哨戒《しょうかい》するためにしばらく居ることが多いでんな」

「哨戒？」

「安全が確認されるまでは、星域をぐるぐる回るんや」

通達があってから三日後、軍船が四隻連なって惑星チャンスにやってきた。

驚いたのは、乗組員のひとりは、リーダーが通商圏の本部で知り合ったという元軍人だった。

いや、復帰したので現役に戻ったのだけど。

「どうもオレから話を聞いて、興味を持ったらしくてな」

リーダーがお世話になったという人物は、蝙蝠《こうもり》のような耳と翼を持った獣人だった。

ちょうど軍への復帰許可が下りたあとだったので、運良く軍船に就職できたという。

八っちゃんの言葉通り、軍船と一緒に司政官の住む建物も運ばれてきた。

居住環境が独立して存在できる建物なので、置くだけで簡単に設置が完了する。

「ほんじゃま、早速契約といきまひょか」

八っちゃんが用意してくれた書類を提出し、つつがなく契約を済ませることができた。

これで惑星チャンスや租界を含むこの星域が、しっかりと通商圏の中に組み込まれることになった。

ちなみに司政官に対する要望はほとんど通ったらしく、やや身長の高い温和そうな宇宙人が来た。新調はおよそ三メートルくらいだろうか。

やはりというか、司政官が一番気にしているのは租界についてだった。だけど質問されても、まだ実際に稼働してないので、俺も説明に困る。

この辺は追々説明していくか、司政官と一緒にやっていくしかないと思っている。

それからイリンの話を総合すると、向こうの宇宙では、多種多様な種族が協力し合って、滅亡の危機に立ち向かっているらしい。その状態は極めて不自然で、一時的なものであるという。

聞いた状況を整理すると、肉食獣や草食獣、海や川の生き物、人間、昆虫、鳥などが狭い空間に押し込まれている状態といえば分かるだろうか。

本来、生涯会うことのなかった種族が一緒にいるような状態なのだ。なので、せめて複数の星系に別れて暮らしてもらいたい、俺はそう思っている。そのための租界なのだ。

なんにせよ、司政官は本来の職務をこなさなければならず、軍船も付近を哨戒するために出発した。


待ちわびた報告がやってきたのは、司政官がこの惑星に来てから、ちょうど十日目のことである。

『内殻を越える方法だが、技術的に実現可能であると証明されたぞ』

馬吾郎教授が興奮したように話している。

馬吾郎教授は、思ったより優秀だった。そう言ってしまうと、上から目線でモノを言っているように聞こえるが、決してそういうことではない。

俺は知らなかったが、馬吾郎教授は、様々な分野で最先端技術を習得している研究者であったらしい。

地球でたとえると、科学、物理、数学の分野でトップレベルの研究者というような感じだ。

つまり、通常多くのシンクタンクが頭を合わせ、情報を共有し、何度も会議を繰り返しながら進めていく研究作業を、馬吾郎教授は自分の頭の中で進めてしまうことができるのだ。

それを知った後では、こんな惑星にいるような人材じゃないんじゃないの？　というのが正直な感想だったりする。

俺が研究所に行ったところ、すでに3Dシミュレートが動いていた。

ドーナッツのようなリングに推進装置をつけた宇宙船が映っていた。

リングの中央に光が集まり、粒子が別空間へと渡っていく。ただそれだけを繰り返し流しているのだが、意味は分かる。

「こんにちは、教授」

「ふむ、来たか。どうじゃ、これは」

「方舟計画の肝の部分ですよね」

通話で話していた、内殻を越える方法だろう。

「そうじゃ。これが内殻を越える装置の参考映像じゃ。理論を元に実際に組み立ててみないことには分からんが、このような形状の装置で、理論上は内殻を越えることができる」

「じゃあ、この光の粒子みたいなのは？」

「うむ。カールの発案した部品じゃな。内殻を越えた先で自動的に組み上がるようになっておる」

地球にも形状記憶合金というものがあるが、ある条件下で、元の形を取り戻そうとする性質をもっている。これに使われているものも、本質は変わらないかもしれない。

「ずいぶんと細かいのがたくさんありますけど、本当に組み上がるんですか？」

「もちろんじゃ。ちゃんと可逆変化《かぎゃくへんか》をかけておる」

「可逆変化ですか？」

馬吾郎教授に説明してもらった。Ａの物質を十個の部品に分解したとして、それを組み立てた時に、前とまったく同じＡという物質が出来上がるのが可逆変化らしい。

反対に、欠けたり摩耗したりして、別の何かになってしまうのを不可逆変化というとか。

「こういうシミュレートされた映像で見ると、よく分かりますね」

「視覚化することは重要じゃからの。そして、となりのモニターを見るといい。そっちでは、内殻と外殻の隙間に渡った粒子がどうなるのか、よく分かるようになっておる」

別のシミュレート映像を見せてくれる。

今度は、六つの空母のようなものが等間隔に円を描くようにして並べてある。

その円の内側に向かって宇宙船の平らな部分を向けているのは、何か関係があるのだろうか。

「これは跳躍門《ジャンプゲート》発生装置じゃ」

「跳躍門というと、軍船とかに積んである？」

俺の守護者の指輪も、跳躍門の原理を使っているとか聞いたことがある。

大きな軍船には小型の跳躍門が積載されているらしい。

「そうじゃ。大きさによって出力が違ってな、軍船に積んであるのはさほど遠くまでは跳べん。

宇宙の中心からこの星までなら、四、五回は繰り返さないとたどり着けないだろうな」

馬吾郎教授が言うには、通商圏の本部には、このシミュレートにあるような、長距離跳躍可能な宇宙船があるのだという。この宇宙の何処へでも一回の跳躍でたどり着けるようなものらしい。

「このシミュレートに出ているのは、その宇宙船でいいんですか？」

「うむ。後ほど詳しく話すが、その通りじゃ。そして、ここが重要なのじゃが、通常三つで可能なこの宇宙船を倍の六つ使用することで、宇宙の外殻を越えることが可能だと分かった」

「へえ～」

よく分からなかった。


話は遡る。

馬吾郎教授は悩んでいた。宇宙の外殻を越える方法がどうしても見つからないのだ。

「せっかくカールが考えてくれた案も、外殻と内殻の間で留まってしまっては意味はないな」

実験の結果、どのような波を発生させても、外殻を越えることはなかった。

「ひとつでもいい、外殻を越えるサンプルが見つかれば、それを足がかりにできるのじゃが」

馬吾郎教授は、研究に行き詰まりを感じ、カールを呼び出した。

藁《わら》をもすがる思いだったと思う。

またカールくんが何か新しい発想を見せてくれるかもしれないという期待もあった。

呼び出されたカールくんは、最初は驚き、次に戸惑い、しばらく考えたあと、こう言った。

「前も思ったんですけど、この宇宙の外殻と内殻って卵に似ているけど、実際は違うんですよね」

「たしかに殻とか卵とか表現しているが、行き来が困難という意味で使っているだけで、実際の殻があるわけでもないし、卵の薄皮つまり内殻が柔らかいわけではない。卵なら内側から突《つつ》いてやれば割れることもあるかもしれんが、これは無理じゃな」

「そうですけど、なんだろう。これって野菜でいうところのキャベツや白菜と同じなんですよね」

それは実家が八百屋のカールくんだからこその発言かもしれなかった。

「どういう意味じゃ？」

「ウチは市場から野菜を仕入れて、そのまま小売りをするんですけど、いつも思うんです。一番外側を捨てるはもったいないなぁって。まあ、買う方もそのつもりで買っているんですけど」

「ふむ……言いたいことが分からんのじゃが？」

「ああ、すみません。つまり、キャベツや白菜の一番外側って、野菜としては食べる部分じゃないんです。捨てるっていう意味では野菜を破棄しているんだけど、どちらかというと、畑にあるものの延長というか、一枚剥《む》いたものが可食部で、その外側は畑からずっと付けてきたカバーなんです」

「なるほど、そういう見方もできるな」

「それでですね。この外殻と内殻の隙間って、データを見る限りだと、この宇宙空間とはまったく違うんですよね」

「内殻の外じゃな。たしかに違うが、それで？」

「外殻って、野菜の外側の一枚と同じで、ただのカバーなのかなって。そう思ったんです」

「外殻がただのカバーか」

そこまで会話していて、馬吾郎教授はふと考えた。

有史以来、今まで一度も内殻の外側に行くことはなかった。

既存技術の延長線上では到達できない、別の空間であるからだ。

では外殻は？　つまり、カールくんのいうようにただのカバー的なものならば、扱いは宇宙の外側と考えていいのではないか。宇宙空間は内殻と外殻という固い殻に覆われている……というわけではない。内殻とそのカバーで覆われていて、もし線引きをするならば、内殻で明確に別けられ、外殻はオマケになる。

「その可能性があるのか！」

たとえ外殻があっても、内殻の外側はみな同じ空間ならば、跳躍門が使える。

そう、跳躍門は同一空間であれば、それを越えることが可能なのだ。

その仮説にもとづき、馬吾郎教授は、イリンがもたらしてくれた情報と自身が集めたデータを照らし合わし、難解な計算式を使いながら結論を出した。

それは、跳躍門は使用可能だが、外殻の外へ跳躍するには、出力がまったく足らないというものだった。

殻が固いからではない。遠いのだ。距離にして宇宙の端から端までよりも遠い。その何十倍、何千倍、いやもっと。

概念的な空間かもしれないが、それでも通常の跳躍では抜けることができない。では繰り返せばいいのではないかと思うかもしれないが、跳躍が途中で終わった場合、エネルギー準位の関係で、エネルギーを放出しながら元の場所に戻されてしまう。

ゆえに、一度の跳躍で越えねばならない。

そこで必要なエネルギーを算出し、跳躍できる質量などを計算した結果、跳躍門専門の宇宙船を六基用意すれば可能であろうと結論づけられた。

俺は馬吾郎教授からその話を聞いて驚いた。

カールくんがまたしてもヒントを与えたのだという。

やはり、この星に集まった人は、そういう運の巡り合わせなのかもしれない。

イリンの宇宙を救う、そのために必要な人材がこの惑星チャンスに集まる宿命ではないかと。

「あれ？　もしかして、送り込める宇宙船って一隻だけなんですか？」

3Dシミュレートでは、宇宙船が一隻だけ通過し、消えていく映像が映し出されている。

「うむ。出力や稼働時間の関係で、一隻が限界なのだ。十年も研究すれば、もっと実用化されただろうが、いまは時間がない」

一隻だけでは、向こうに着いても戻ってくる手段がない。それって、いいのか？　行ったきりでは意味がないと思うんだけど。

それを指摘することはできるが、俺は水をさすのはやめておいた。馬吾郎教授だって、分かっているはずだ。

「宇宙を越えることができるというのは、大きな前進ですね」

「そうじゃな」

馬吾郎教授はよくやってくれた。ここから先、つまり戻る方法は、みんなで考えてもいい。

となれば、リーダーに相談してみるのも手だ。

俺は、リーダーの居場所を検索した。

「……いたいた。そっか島に行ってるのか」

リーダーはいま動物学者のダービエンさんと、この惑星に地球の動物を根付かせる研究をやっている。ダービエンさんはプロカメさんが推薦して招致しただけあって、優秀らしく、今のところよい結果がでているとか。

「よし、行ってみるか」

リーダーはやはりダービエンさんと一緒にいた。動物たちの経過観察をしているようだ。

「どうも」

「おっ、稔か。どうだ？　租界の方はうまく行ってるか？」

「ええ、おかげさまで。付近を哨戒している軍船から報告が入りましたが、危険な宙域もなければ、通商圏に入ってない種族も出てこないようで退屈だって」

「ヤギ商人が言うには、この辺は昔っからどの種族にも相手にされてなかったらしいしな」

地球でも、人口過密地帯があるいっぽう、人跡未踏と思われるほど周囲になにもない場所が存在する。こんなだだっ広い宇宙なら、人気不人気な宙域があるのもうなずける。

「でもそれだと、よくこの星で守護者の指輪を作ろうと思ったよね」

秘境に家を建てる変わり者でもいたのだろうか。

「最初から人が住める惑星だしな。将来を見据えたんだろ。指輪を作るにも、相当長い年月が必要なんだろ？」

「そうみたいだね。星の中心に核となる特殊な石を埋め込まなきゃだめだし。先行投資だったんだろうね」

それで事情があったのか、守護者の指輪ごとヤギ商人の手に渡り、いまは俺が所有している。考えてみれば、不思議な運命だ。

……ん？　これもまた、俺の幸運、いや運命を引き寄せる力なのか？

「なに難しい顔をしてるんだ。なにか用事があるんだろ？」

「そうそう、リーダーに別宇宙に行く件で、ちょっと相談があるんだけど」

「おう、いいぜ。じゃ、テントの中で話をするか」

リーダーが後ろを指差した。そこには、立派な建物があった。……テント？

文明が進むと、便利なものが多数存在する。島のど真ん中に一棟だけ存在している建物は、仮設テントらしい。

ふつうに、建物だ。

「なんかもう、簡易研究所みたいな感じなんだけど」

「簡易研究所か、そんな感じだな。だがプレハブだって、ボロっちいのから、おしゃれな店にしか見えないのまで、いろいろあるだろ。そんなもんだ。ここなんか、機材も備え付けなんで、ホント便利だぜ」

すげーよなと、リーダーは笑っている。

「あら、いらっしゃいませ」

テント（？）の中から女性が出てきた。助手のマリアさんだ。

「どうも、お久しぶりです」

「いま、お茶を出しますね」

「おう、頼むぜ」

リーダーとマリアさんを見ていると、熟年の夫婦のようだ。ふたりとも女性だけど。

「……よし稔。相談ごとってのは何だ？　どうせまた厄介ごとなんだろ？」

椅子に腰掛け、茶を一杯飲んだ後で、リーダーはそんなことを言った。

「えっと、宇宙を渡る方法が見つかったんだけど、そこから帰る方法が見つからなくて」

俺は内殻を越え、さらに外殻は跳躍門で飛び越えることができることを話した。

だが、最終的には宇宙船一隻程度しか向こうの宇宙に運べない。

「送り出すのに六隻必要ねえ。……ピストン輸送で、跳躍門を使える宇宙船も送り込むってのは、無理なのか？」

「出力や稼働時間の問題で無理らしい。たぶん、同じような船を複数用意するのは現実的じゃないんだと思う。十年も研究すれば問題ないだろうとは言っていたけど」

「……なかなか難しいな。そりゃ」

「そういうわけで、いい案がないかと思って」

「向こうへ行って、全種族を乗せて戻ってくるか。それがたった一隻で出来れば、最初から面倒な方法を採ってねえよな」

「だね」

「さすがに聞いただけで不可能って分かるぞ」

やはり手詰まりか。

しかたない、プロカメさんのところにでも行って、いい案がないか聞いてみよう。

「そういえば」

「……ん？」

「三人寄れば文殊の知恵ってやつだ」

リーダーが茶のおかわりを運んできたマリアさんの方を向いた。

「なあ、一隻の船だけで本来何隻もの船が必要な仕事をやらせようとしたら、どうしたらいいと思う？」

「一隻で何隻分の働きをさせるのですか？」

「……ああ」

マリアさんは急に話を振られてうろたえたが、真剣に考えているようだ。

「そうですね……」

少し自信なさそうに、彼女はこう言った。

「私の研究している古代の方舟なんですけど、それにはつがいの動物を積み込んで洪水に備えました。水が引き、陸地が見えたらそれらの動物を放したとされています。今日の動物たちは、ノアの方舟に乗り込んだ子孫たちであると」

「なるほど」

聖書に載っている一節だっけ？　俺はその手の話に詳しくないので、黙っていた。

「もし、一隻しか船がなければ、その船の子達を増やせばいいのではないでしょうか？」

動物たちの種を運んで増やしたノアのように、とマリアは言った。

「………………ということだ。稔、どうだ」

「たしかにそうかもしれないけど、船を増やせるとも思えないけど……」

そこで俺はふと何かを思い出した。

それは一瞬のことだったので、すぐに消えてしまったが、そう、今の話を聞いて、思い出したのだ。

「あれ……何か最近見たんだよな。今の話で思い出したものが」

そう、つい最近だ。

なぜだろう、何か記憶にひっかかる。

俺は、最近の出来事を思い出していた。引っかかったのは誰かと会っていたときのはずだ。

馬吾郎教授とカールくん……研究所でいつも会っている。研究結果の進展もあってかなり頻繁に会っていた。

「あのふたりは……特に変わったことはないな」

何も思い出さない。どうやら違うらしい。

リーダー……最近ほとんど会ってなかった。そもそもいま目の前にリーダーがいるんだから、会った時のことを思い出すまでもなく、これも関係ない。

「でもたしかに、誰かと会っていた時なんだよなぁ」

喉元まで出かかっているのだけど。ああ、もどかしい。

マリアの方舟の話を聞いて急に思い出したのだから、それほど時間は経ってない。

ここ一月以内でインパクトのある出来事といったら……。そこまで考えて俺はようやく思い出した。

「ヤギ商人か！」

「ん？　どうした、稔？」

リーダーが驚いて問い返してきた。

「バクテリオファージだったんだ」

「バクテリオファージなんだ、リーダー。バクテリオファージがあるじゃないか」

「………本当にどうした？」

「そ……そうだな。稔……お前、少し休んだ方がいいぞ」

昔、理科の授業で習った。ウイルスの一種で、自分のＤＮＡを物質に注入して分身を増やす凶悪なシステムを持っている。ヤギ商人が新型のコーティングロボとして最近惑星チャンスに持ってきたので、覚えていたのだ。

「リーダー、何とかなるかもしれない」

「……何だって？」

「ちょっと教授のところへ行ってくる」

俺は急いで跳躍した。

到着した場所は学生達が集まる校舎。

「そっか、今日はこっちなのか」

校舎は研究所の近くにあり、馬吾郎教授はそこで様々な講義を行なっている。いまはちょうど講義中らしい。

俺はじりじりと待っていた。しばらくすると講義が終わったようで、外が騒がしくなる。

「教授！」

「ん？　どうしたのじゃ？」

「ちょっと話を聞いてください」

「んん？　ここじゃあれだから、研究所の方へいくか」

研究所に着くと、俺は堰《せき》を切ったように話しはじめた。

一隻しか宇宙を通過させることができないなら、その一隻をバクテリオファージのようなものにすればいいのではないかと。最初は目を白黒させていた馬吾郎教授だったが、俺の熱心な説明――後で考えればずいぶんと回りくどい説明をしたようだが、それを忍耐強く聞いてくれて、最後にこう言った。

「おもしろい！　確かに一考の価値がある案じゃ。しかもそれなら帰りにも使える」

技術的な問題点はあるものの、実現可能性としては及第点をもらえたようだ。

そこからは早かった。必要な宇宙船の確保とその改造に掛かる日数を計算し、バクテリオファージ型宇宙船の建造と最新技術を開発するまでの流れをザッと書き出した。

「さあ出来たぞ。稔殿がすることは、この流れに書いてある。頼んだぞ」

馬吾郎教授は、自信満々にそう言った。

あれ？　俺がやるの？


「…………で、俺は何でこんなところにいるんだっけ？」

ここは最近できたばかりの司政官の執務室。

馬吾郎教授に説明しにいったら、紙を渡された。

あれよあれよという間に司政官との会談予約が入ってしまった。……よく分からない。

「ようこそ、星の守護者どの」

「どうも、お時間を割いていただき……」

後半は口の中でごにょごにょとつぶやいて、俺は司政官と握手した。司政官の挨拶は地球式だ。

赴任先の星へ赴き、そこで職務をこなす司政官は、その星の文化風習に精通しなければならない。また、それを実行できる能力が求められる。

お辞儀と握手で始まる挨拶は、ここ惑星チャンスでも結構広まっている。

ちなみに司政官は「あいにくといま名刺を切らしてまして……」と言っていた。芸が細かい。

というか、ずいぶん馴染んでるな。

だけど、それ正しくないからね！

まだ見たことないが、きっと食事をするときに「いただきます」食べ終わった後に「ごちそうさま」というのではないだろうか。俺は司政官と雑談をしながら、そんなことを考えていた。

軽いジャブ程度の会話が一段落したあと、俺はこう言った。

「この宇宙にある跳躍門《ジャンプゲート》専用の宇宙船をすべて借り受けたいんですけど」

「…………………………はい？」

宇宙の端から端まで到達できる跳躍門を搭載している宇宙船は存在しない。

そもそも転移門にしろ、跳躍門にしろ、座標指定が必要なのだから、高速で移動する宇宙船に積み込むには、別途、オプションとなる機材を積み込まないとならない。

そして大型の軍船に積まれている跳躍門の飛距離は、通常の十分の一以下しかなかったりする。

それでは有事の際に困るということで、別の方法も存在する。

三基の跳躍門を使い、フィールド力場を発生させて、宇宙船の跳躍を可能とするのだ。

「跳躍門専用の宇宙船は、大変数が少ないのはご存じですか？」

「ええ、使われる素材の関係で、かなり希少性が高いというのは知ってます」

通商圏の本部に三基、西方を除いた東方と南方と北方の星域にも、それぞれ三基ずつあると聞いている。

「でしたら、すべて借り受けたいというのは……」

「必要な数は十二基です。この宇宙にあるすべてが必要なんです」

司政官は大きく息を吐き出した。

自分で言ってて、無茶を通そうとしてるなという気分になる。

「理由をお聞かせ願えますか。とりあえずですけど」

「宇宙をひとつ救うためです」

俺は外殻宇宙論から始まって、別の宇宙に行くには六基の跳躍門からなるフィールドを使う必要があることまでを伝えた。

「行きと帰りで十二基ですか。ですが、そうすると六基は未帰還になると思いますけど」

そう。そこが問題《ネック》なのだ。

借り受けたとしても、機関部分以外は修繕が必要になるほど高負荷となることが分かっている。それはいい。壊れた箇所は修理するつもりだが、イリンの宇宙に残してくる六基については諦めるしかない。

「時間はかかると思いますが、補填《ほてん》しようと思います」

この跳躍門のやっかいなところは、使用する物質が宇宙空間に希に漂っている極めてレアな元素であることだ。しかも、錬金術も通用しない。人工的に作ることが不可能で、鉱脈のようにある一箇所に固まっているというわけでもない。さらに、加工が難しく高い技術を要するのだ。

「なぜこの宇宙の重要拠点に跳躍門がないのか、これほど便利にもかかわらずなぜ普及しないのか、それはご存じですよね」

「……はい」

「それでも十二基すべてを借り受けたいと。そして半分の六基は使い捨てにすると……そう言いたいのですね」

「…………はい」

跳躍門が開発されたにもかかわらず、転位門《クラシカルゲート》がいまだ現役の理由。

それは容易に増やすことのできない跳躍金属《ジャンプメタル》が関わっているからなのだ。ちなみに、星の守護者の指輪にも、その欠片が入っているらしい。顕微鏡で見なければ分からないレベルらしいが。それはそれで極小すぎるだろ。

あと、以前ヤギ商人からもらった帰還石《コールストーン》などは、転位門の技術を応用しているので、これは関係ない。

「軍船の跳躍門に使われている跳躍金属は数グラム程です。跳躍門専門の宇宙船で一キログラム程度でしょうか。それを六基使い捨てにするのはさすがに無理でしょう」

実際、技術的な障害よりもこの物質不足の方がたちが悪い。

「それでも交渉を一度してみてくれませんか？　宇宙をひとつ救いたいのです」

そこから長い会談……いや、交渉がはじまった。

「できるだけやってみましょう」

その言葉が出たのは、ここへ来てから半日が過ぎた頃だった。

「ありがとうございます」

「私に権限はありませんので、上へ伝えるだけになりますが、それでもよろしいですね」

「はい」

司政官との会談はこうして終了した。

もっとも、この言葉を引き出すために、かなりの譲歩をしたのだが。そして俺は久しぶりに志乃と龍彦に連絡を取った。

「ちょっとやって欲しいことがあるんだけど」と言って、腕輪の通信機で龍彦を呼び出す。

「久しぶり」

『稔か。本当に久しぶりだな、どうしたんだ？』

またやっかいごとか？　と笑った気配がした。

「うん、まあ……そうなるかな。ちょっとしたやっかいごとを解決するために、手伝ってもらいたいんだ。龍彦の得意分野で」

『いいぜ』

ふたつ返事だった。本当にお前はいい奴だよ、龍彦。

「じゃ、説明したいから転位門を使ってこっちに来てくれる？」

『オーケー。何か持って行くものは？』

「特にないと思う。この後で志乃にも連絡するんで、一緒でもいいよ」

まだ龍彦と志乃にはイリンのことは話してない。なぜ話してないかというと、ふたりには地球でやってもらうことがあったので……いや、ふたりは地球に残ったので、心配かけない方がいいいと思ったのだ。

龍彦と志乃が自らの意志で地球での行動を選択した。それを尊重して、惑星チャンスの細々としたことは一切伝えてなかった。

『じゃ、行くわ。惑星に着いたら分かるよな。その時、迎えに来てくれ』

「了解」

そう言って通話が切れた。

俺は志乃にも同じように話をした。志乃もすぐに来てくれると言った。ありがたい。龍彦と志乃には、ずっと迷惑をかけ続けている気がする。それでもちゃんとつき合ってくれる。俺はふたりの友情に、心底感謝した。

惑星チャンスへ地球からの移住者を受け入れた後、龍彦と志乃は話し合ったのだろう。

ある日、リーダーにこんなことを言った。

「地球の人類は、種としての分かれ道に来ているって聞いたんだ」

「ちなみにカメさんからね」

「地球が滅ぶ……いや、この場合人類が滅ぶと言えばいいかな。それが、間近に迫っているのは本当だ」

リーダーは正直に答えた。

数ある種族が辿った道筋から予想すると、今の人類はいつ暴発してもおかしくない状態にあるという。

敵を殺し尽くすことができる兵器を持ち、いまだ紛争が絶えない世界。この状態で、あと百年、二百年は続かない、ヘタをすると十年で滅ぶことも充分考えられる。

「だがらさ、おれと志乃で話し合ったんだ。惑星チャンスに人類を補完させる、動物を移動させると言っても、地球がまだ救えるならば、それにも全力をかけるべきじゃないかってな」

「ああ、それにはオレも同意見だ。……ということは、お前たちは地球に残るのか？」

「稔の【緊急《オーダー》】には、この星の運営含めての依頼なのよね。だったら、移住元である地球が滅んじゃまずいと思うのよ」

　だから残るわと、志乃は言った。

「まあ、危なくなったら、稔が万難を排して助けにいくだろうしな。よし、いいぜ。地球で全力を出してこい」

「了解！」

「言われなくてやるわよ」

　こうして龍彦と志乃は、地球を中心に活動を始めた。

　志乃は世界中にある支社に自らのデザインを惜しげもなく投下し、絵画、タペストリーなどの美術品から刺繍《ししゅう》、本の表紙などあらゆる小物に至るまで、彼女の手がけたデザインが世界を席巻した。

　同時に大規模な都市計画にも携わり、その完成度の高さから世界中から大絶讃を浴びた。製図の魔女は健在だ！

メディアはこぞって彼女の功績を褒《ほ》め称え、一躍時代の寵児《ちょうじ》となった。

龍彦も隠者の仮面を脱ぎ捨て、次々と作品を発表した。

ホワイトハウスに寄贈された一体の石像は、自由の女神を凌ぐ信者を集め、またたく間にアメリカの観光名所となった。

同様に世界中の要所に龍彦の寄贈した石像、ブロンズ像などが飾られ、連日連夜、一目見ようとする人たちであふれかえった。これまで彼が制作した作品の噂も広がり、世界で最も有名な芸術家として、名を馳せた。

これらの一連の騒動は実はまったくのおまけであり、本人たちの意図することではない。だが、ふたりはこの流れを利用し、自らの作品を広めることに邁進《まいしん》した。

ふたりの目的はひとつ。

「どうもアフリカ諸国で起きた人種的な対立が下火になったようだ」

「アジアの資源をめぐる紛争も目立たなくなったわ」

「そういえば、中東で起きた宗教対立は？」

「それなら、もう和解済みよ」

そう……ふたりはそれぞれ作品に『ある思い』を込めたのだ。

人々が争うことなく、平和で、他人を思いやるような気持ちになれるようにと。

「でもあれよね、こういうのを宗教っていうんじゃない？」

「かもしれないな。強引すぎる社会変革はゆがみを残すし、本来やっちゃいけないことだと思う」

だがふたりはあえてやった。

後世、ふたりのことを人の心を操る悪魔と罵《ののし》る者が出るかも知れない。

それでもいいと言った。

悪評などどうでもいい。

やるべきときにやる、世の中それができないやつが多すぎるんだよ。そう、龍彦と志乃は言い切った。

世界は争いがなくなる方向へ、確実に近づいていった。ふたりは、俺の誇りだ。本当に自慢したくなる、最高の友だ。

俺は惑星チャンスにやってきた龍彦と志乃を迎えにいった。

「久しぶり。……で、何やら手伝って欲しいことがあるそうじゃない」

「そうなんだよ、志乃」

「まあ、あなたから来た【緊急《オーダー》】以上のことがあるとも思えないし、手伝うのは別に構わないわよ」

「そうだな。あれには正直頭がついていかなかった。この星をぼーぜんと見て固まってたっけな」

龍彦が遠い目をした。

「駅前の喫茶店で話したのよね。最悪日本がどうかなってしまうんじゃないかと心配してたのに……」

「いざ話を聞いてみたら、星ひとつってどういうことよ！　って自分に激しく突っ込んだわ」

「そういえば、あの喫茶店の名前……何だっけか」

「ラファエロだね」

ああそう、ラファエロだ。

「懐かしー」

龍彦と志乃はあのときの話でひとしきり盛り上がった。

「……で、手伝って欲しいことって何？」

「そうだね。ちょっと長い話になるんだけど……」

俺はこの惑星チャンスにおきた、謎のノイズのことや、地震、その後の幽霊騒動までの顛末《てんまつ》を語った。

「何それ怖い」

「幽霊じゃなくて、未知の種族だって訳か」

「そうなんだ。で、体調が回復してから会話を試みたんだけど、うまくいかなくて、いろいろ試しているうちに、瞳に偶然気がついてね」

イリンとの会話方法が見つかったこと、それによってイリンは別宇宙から来たことなどを話した。

そして話は核心にせまる。

イリンの宇宙の危機に及ぶと、龍彦も志乃も余計な会話は挟まず、じっと聞いていた。

「結局俺は、イリンの宇宙を救うことにしたんだ。問題はこの宇宙の技術では別宇宙へ行くことができないこと、もし運良く成功しても、多大な注目を集めてしまうと思うんだ」

そこで、租界を作り、この星を含めた星域を選定して、同時に司政官に来てもらうことにしたこと、別宇宙に行く手段としては外殻宇宙論によって技術的にはなんとか見通しが立ったことなどを話した。

長い話になった。

途中からふたりとも黙って聞いてくれたので、やりやすかったが……ああ、やっぱり。前回と同じだ。

「……えっと、なに？　今度は星をひとつじゃなくて、宇宙規模？」

「………そう、なるかな？」

「しかも救うのはその宇宙で救援を待ってる全種族？」

「そうだね。なるだけ早く救出したいと思ってる」

ふたりは、大きく息を吐き出した。息がピッタリだ。

「何なの？　ちょっと会わなかっただけなのに……なんでこう、規模《スケール》が大きくなるのかしら！」

「まさかここで宇宙ひとつ分なんて話が出てくるとは思わなかったぞ」

稔の【緊急《オーダー》】を甘く見ていたなと、ふたりは声を揃えて言った。

あれ？　やっぱり、俺の扱いって酷くない？

まあ、それでもふたりがすぐに立ち直ってくれたなら、ここはスルーしよう。

ぶっちゃけ、二回目なので互いに慣れたともいう。

「それで、ふたりに頼みたいのは、向こうの宇宙へいく宇宙船の設計なんだ。機能的であり、なおかつ警戒心を抱かせないもの。できれば、すぐにでも乗りたくなるようなものを作ってほしい」

「あー、難しそうだな。それをふたりで？」

「そう。共同で頼みたい。以前のペンダント、あれの意匠は他の種族も満足させることができたし」

「そういえばあったたな。ペンダント」

「分水嶺《ぶんすいれい》の理《ことわり》と一緒に渡したんだっけ？」

「ペンダントの意匠ひとつで宇宙船と同等の価値があるって評価だったよね」

「そういうことなら、やってみるか。だけど、デザインと機能性って言ったって、宇宙船の設計思想なんかおれたちは知らないぞ」

「そういうのは今回は必要ない。それに、素材自体は自由になるものだから」

「技術の進歩で、金属すら自由に設計できるもんな。そういうことか」

「だから好きに設計して構わない」

「そうなのね。腕が鳴るわ」

腕を存分に振るってくれ、俺の知る最高の職人たち。

龍彦と志乃ならばきっと思った通りのものを作り上げてくれるだろう。

「期日はいつまでだ?」

「できるだけ早くお願い」

「……相変わらずね」

そんな無茶な要望にも、ふたりとも笑って了承してくれた。

本当に俺にはもったいない友人だ。

第七章　通商圏の本部にて

ふと、昔の記憶がよみがえってきた。

「将来の夢について。学校で出席番号順に答えさせられたんだよなぁ」

将来何になりたいかって聞かれて、「スパゲッティ屋さん」って答えたと思う。俺がまだ小さい頃、デパートのレストランで食べたスパゲッティがあまりにも美味しかったのだ。

それでしばらくの間、スパゲッティ屋さんになりたいと思っていた。いまはコンビニへ行けば数百円程度で買えるものだが、当時の俺にとって、外で食べた一番旨い食い物だった。その次はお寿司屋さんだったと思う。そしてケーキ屋さんだったかな。

こうして考えると、食べ物屋さんばっかりだな。なりたいものの定番とはいえ、食い意地が張った少年時代だったのかもしれない。

「いや、それだけ家での食事が、決まったものばかりだからかな」

ばあちゃんが亡くなるまで、ルーチンワークのように同じメニューの繰り返しだった。どうしても好みは老人に合わせることになり、家の畑で取れた野菜にしょっぱい味付けの料理ばかりになったのだろう。

「……少なくとも今は、食べ物屋さんってことはないよな。いや、それもいいか。今からでも遅くはないかな」

やばい、現実逃避していた。この状況を直視しなくちゃ。俺が今いるのは、なぜか通商圏の本部だったりする。

リーダーは申請時に一度来ているはずだが、こんな場所だなんて教えてくれなかった。

コロッセウムのような劇場の観客席にずらりと並ぶさまざまな種族たち……ところどころホログラムが混じっているらしいけど、俺には判断つかない。

彼らがみんな俺のことを見ている。

舞台の上でひとりだけスポットライトを浴びた状態といえば分かるだろうか。

晒し者とどこが違うのか教えて欲しい。

ちなみに俺は、ここに惑星チャンスの代表として来ているわけではない。別の宇宙を救う集団の代表……つまり、この宇宙から他の宇宙へアクションを起こす重要人物として召還されたらしいのだ。

「スパゲッティ屋さんになってたら、ここには居なかったよなぁ」

情けないことだが、数千という種族に注目されて堂々とする自信はない。

ここに集まっている人たちは、通商圏で評議員という肩書きを持っていて、司政官なんぞ軽く吹いて飛ばせるくらいに偉い。たとえば、銀河系で一番偉い人は、銀河系代表などと呼ばれるそうで、ここの評議員に比べたら、まだまだぺーぺーだそうな。

この評議員がどれだけ偉いのかというと、銀河が集まって銀河群が形成され、それがさらに集まると銀河団となる。評議員は、この銀河団が集まった超銀河団を統括するレベルだと思ってもらえればいい。評議員の存在がもう、雲の上過ぎるって分かってもらえただろうか。

俺はそんな評議員たちに睨《にら》まれながら、これまでの経緯を説明した。

二時間くらい話して、それから質疑応答もやっぱり二時間くらいかかった。ここの人たちって実は暇なんじゃ？　って思わなくもなかったけど、それだけ重要な案件なのだそうな。

そう、跳躍門を借りようとしたら、評議員が全員集合するほど重要な案件になってしまったのだ。

というのも、この評議員たちよりももっともっと偉い人、全宇宙に四人しかいない、総督と呼ばれる人たちのうち、なんと三人が動いたのだ。

北の総督アウレリは、長い宇宙史の中でも極めて初期から存在が確認されているクルタ族出身で、今回自身が所有している三基の跳躍門《ジャンプゲート》専門の宇宙船の貸与に賛成し、通商圏本部にある同じく三基を貸し出すよう要請してくれた人物である。

アウレリは、独自の情報収集によって、惑星チャンスのメンバーが宇宙最凶とまで言われたミグゥ・ディブロ族殲滅《せんめつ》に功績があったことを掴んでいて、今回の件にも積極的に賛成してくれた。

ありがたい。俺たちがしたことなんて、ミグゥ・ディブロ族の星に行って帰ってきたくらいなのに。

南の総督ジャガニティアは、宇宙平和に多大な貢献をしたグレイハン族の一員で、つい先だって通商圏に発生した宇宙災害において、分水嶺の理が果たした役割を正しく認識してくれていて、それを手早く確保し、宇宙のために未練なく手放した俺を高く評価してくれた。

数百億の命が救われ、さらに今後数千年に渡って通商が一部不可能になる地域が出ることを回避してくれたという恩から、これまた三基の貸与と通商圏の本部への要請を買って出てくれていた。

あのペンダント、本当にそんな価値があったんだ。

そして東の総督クニバランは、宇宙の調停者たるリキット族の出身で、宇宙全体としても大変価値の高い種族であることから、その発言や行動には、今も昔も多大な敬意が払われている。そのリキット族たるクニバランすらも三基の貸与には賛成の意を示したことは、通商圏の本部を慌てさせるに十分な出来事だったらしい。

調停者として宇宙全体に散っている同胞の噂を小耳に挟んだクニバランは、リキッド族以外で初めて調停者の弟子となったミヤの存在と、その出身惑星である地球人のことを知り、この一連の詳しい事情はすでに知っていたのである。

これだって、ミヤの方も感謝しているわけだし、おあいこだと思うのだけど。

こうして俺の知らないところで、様々な方面から助力があって、本部も重い腰を上げざるを得なかったと言える。

評議員たちは、北と南と東の総督が賛成した事実を知らされ、大変な衝撃を受けた。さらにできるなら本部の持つ三基も貸与してほしいという要請があって、それこそ前代未聞だと慌てふためいた。

なにしろ、宇宙をひとつ救うという大義名分はあるものの、成功の可能性はそれほど高くない。さらに、六基も使い捨てにするような案に、どうして賛成できようか。

ではなぜ、総督が三人も賛成しているのか。これは直接申請した本人から事情を聞かねばならない。その上で断れば角も立たないであろう。そんな判断をしたのかどうか。

結局、困った本部は張本人である俺を召還して事情を聞くとともに、この一連の出来事に引導を渡そうと考えたのだ。

一方俺は、司政官が上にかけあってくれるという話を聞いて、無理かな？　大丈夫かな？と待っていたところに緊急召還がかかった。

来てみれば、偉そうな人……いや、完全に雲の上のような人たちが大勢集まった中で説明をするハメになってしまい、かなりテンパってしまった。

「では、これより議決権を持った者による討議に移る」

その声とともに俺は退席を促された。お邪魔らしい。

議決権を保持していない者が退席したあと、評議員たちは口々に感想を述べた。

発言のすべては記録され、目の前のパネルにも文字として表示される。

「いくら総督からの要請とはいえ、本部にある三基を貸与することはできないだろう」

これが意見の大半を占めた。

全体の雰囲気からも、決を採れば、七割は貸与に否定票を入れると思われた。

議論は進み、貸与に反対であるとする意見が多数出た。

意見が出尽くし、さあ結論を出そうという段になって、外部からこの会議に意見具申表明が届いた。

「どこの馬鹿だ？」

そう口に出した評議員は責められるべきではないだろう。

たとえ総督であろうとも、通商圏の本部に口出しはできない。管轄外なのだ。ならば誰が来たというのか。

パネルに現れた名前を見て何人かが呻《うめ》いた。そこには、宇宙を駆ける大商人の名が記されていた。

「彼の名が出てきたならば、通さねばなるまいよ」

通商圏は、軍人と商人たちによって成り立っている。

評議員の中でも、彼に世話になった者が少なからずいる。いま名前の出た大商人を邪険にできる評議員はいない。

この差し込まれた意見表明に、許可がおりた。

「皆様、私の意見具申を受けていただき、まことにありがとうございます」

そう恭《うやうや》しく頭を下げたのは、宇宙をまたにかける大商人ランバ・マイラーであった。

「ランバ殿、この度の案件に、なにやら意見があるという。ならば、早急に告げてほしい。我らはすでに長時間の会議で疲れておるのでな」

「はい。では僭越《せんえつ》ながら、用件のみで宜しいでしょうかな」

商人ランバは一同を見回し、反対の声が上がらないのを見て取ると、一気に語った。

「私は現在、三キログラムを超える跳躍金属《ジャンプメタル》を所有しております。こちらを本部の方に寄贈させて頂きたいと思います。代わりに、くだんの案件を通して欲しいとお願いにあがりました」

――ざわっ。

ぐぉぉおおおおおお……。

それは会場を揺るがす叫びであった。宇宙を漂う跳躍金属は生成できず、偶然見つけたものを採取するしか方法がない。つまり、収集装置で、近くに漂う跳躍金属を手に入れることができるが、それこそ類い希な運が必要である。

たとえ装置を多数揃えたとして、そうそう見つかるものではないのだ。

「それをすべて手放すというのか？」

「はい」

跳躍門専門の宇宙船自体はいくらでも替えがきく。

問題は跳躍金属なのだ。それを無償で寄贈するという。

それならば貸与を認めても懐は痛まないし、宇宙を救う英断と評されるかもしれない。そもそも総督すら賛成を表明しているのだ。問題が解決するならば、断る愚か者は、評議員の中にはいなかった。

○

俺は別室で待っていたら、また呼ばれた。

「…………へっ？　いま何て？」

議論の結果、通商圏の本部も貸与を認めるというものだった。

あっけない。先ほどまでの厳しいやりとりは一体なんだったんだと言わんばかりの結末だった。

「あ、ありがとうございます」

なんにせよ、これで十二基の跳躍門専用の宇宙船を借り受けることができた。

俺は、首をひねりつつ、通商圏の本部から帰還した。

突然本部に呼び出されて、これは何の査問かと勘違いしてしまいそうな立場で説明した。

しかも、集まった評議員の態度が明らかに否定的だったのだ。もうこれは無理かなと覚悟していたところで許可の連絡。本当に不思議なこともある。

「……マジで何だったんだ、一体」

すべてが終わり、惑星チャンスに降り立った今でも分からない。

上は上の都合がある。俺のレベルでは分からない、高度な政治的決断があったのかな。

今回の件でよく分かった。俺のように星をひとつ所有している程度では、宇宙の規模からするとまったく取るに足らない存在なのだ。

地球にたとえると、星の所有者が持ち家レベルだろうか。実際にはもっと扱いが小さいのかもしれない。

司政官は、星系もしくは星域を統括するということなので、町内会で回覧板を回す班の班長くらい。

で、今回会った人たちは、各国の国家元首に相当すると思う。

総督レベルになると、アフリカ大陸やユーラシア大陸の代表者という位置づけになるだろう。

結局のところ、そういう人たち相手に何の準備もなく会いに行ったのが今回の反省点だ。説明は求められたけど、うまく答えられなかったし、終始かやの外だった。

「まあ、結果的にうまくいったけど」

なぜ認められたのかよく分からないが、きっと俺の不可思議な力が働いたのだろう。この力は積極的に使っていきたいと思う反面、使い方も分からない。

「運がいいってのは、こういうことなんだろうな」

今回はそれで納得することにした。

「あとは、龍彦たちか……」

直接別宇宙に行くことはできないが、新造の宇宙船で稼働実験くらいはやっておきたい。

その前に、最終的なデザインがどうなるのか心配でもある。

「さて、報告をしにいくか」

突然の呼び出しだったので、行き先だけしか告げてない。

馬吾郎教授のところへ行くと、ヤギ商人が呼んでいるとのこと。直接通話してくれてもいいのにと思っていたら、会談中らしい。

「西の総督が来たようじゃな」

とまた、とんでもないことを言い出した。西の総督といえば、俺の中ではユーラシア大陸代表くらいの偉い人だ。

「何でまた……って、ここは西方星域だから、そういうこともあるのかな？」

この星は西方星域にあるので、西の総督の所轄《しょかつ》ではある。視察に来たとか？

「いや、ありえんな。よほどの事情ではない限り、いち惑星に来ることはないわい」

やっぱり、そうか。

通商圏の本部に呼び出された件と関係があるんだろうな。

西の総督もまた、他の総督と同じ権限を持ち、この西方星域で最も偉い人である。ただ、今回の呼び出し件に関わらなかったのは、ただ単に跳躍門《ジャンプゲート》を所有していなかったからである。

なぜ持っていないかと言えば……いまだ西方星域に配備されるほど跳躍金属が集まってないからだ。

指輪でヤギ商人の居場所を検索すると、獣人たちが住む都市にいることが分かった。西の総督もたぶん一緒にいるはず。

「では、行ってみます」

「うむ、礼を尽くすようにな」

行政と軍事双方の権力を掌握する総督に対して、尊大な態度を取るなと言うことらしい。

「言われなくても、そんなことしませんよ」

何しろ、さっきまであんなにも多くの偉い人たちに囲まれていたのだ。もう気持ちが最初から萎縮してしまっている。

さすがに目の前に出現するのはマズいだろうと思い、近くの路上に跳んだ。

「……この建物か。まず、アポを取った方がいいよな」

立派なビルだ。俺はエントランスをくぐり、受付へ行く。

どうやらここは商工会議所の建物らしい。受付で名前を出すと、すぐに案内の者が来ると言われた。

「いえ、場所さえ分かればひとりで大丈夫です」

そう言ったのだけど、星の守護者を先触れもなく総督の前に出す訳にはいかないと言われた。しょうがないので、ぞろぞろとお付きの者を引き連れての行進と相成った。

「……はぁ」

めんどくさい。要所要所に護衛が立ち、その前を通過する。見たことがない種族なので、この護衛は総督を守るためのものだろう。

ものすごく警戒しているようだが、これが普段通りなのかもしれない。もしくは、このビルがあまりに警備上問題ありと考えているのか。

この手の重要施設には、感知システムが作動しているはずで、俺のことは筒抜けになっていると思われる。警備を受け持つ場所には、俺が同じフロアに来た段階で把握されているのだろう。

通路を歩いていると、ちょうどよいタイミングで扉が開いた。この部屋にいるのかな。

「……あれ?」

「このふたつ奥になります」

最初の部屋は、警備の人たちが詰めていた。さっきと同じ種族だ。

厳つい格好なので、恐る恐る横を抜けていく。

その奥の部屋には、お付きの人たち、秘書とかそんな人たちだろう。エリート風な面々が七、八人いた。

最後の扉が開かれ、ようやく俺はヤギ商人と対面することができた。となりにいるのが、西の総督だろう。

部屋に入り、まず挨拶をする。

とくに西の総督という人には、懇切丁寧にやっておいた。地球式のお辞儀だが。

西の総督はダギン族の出身だと聞いていたが、なんと全身毛むくじゃらの大男だった。

……ビックフット？

外見は毛が真っ白な雪男である。

どこまでが髪か髭《ひげ》か分からない状態だが、前髪に隠れた顔は、昔のホラー小説に出てくる人物みたいだ。

なんか呪いのビデオとか作ったり、テレビから出てきたりしそうな顔といえば分かるだろうか。

そんな失礼なことを考えていると、西の総督は、俺へ挨拶を返すと、握手を求めてきた。

ああ、きっと勉強してきたんだなとちょっとだけ嬉しく思った。

司政官もそうだが、相手の種族の風習をちゃんと勉強して、実践してくれるのだ。

一通りの挨拶が終わったので、俺は通商圏の本部からの帰還したことを告げた。

「思ったより早かったですね」

たぶんもっとかかると思ったのだろう。

「ええ、おかげさまですべての要求が通りました」

「それは良かったです」

ヤギ商人は結果を知っていたのか、驚くことはなかった。

「なぜうまくいったかは、全く分からないんですけど」

「通商圏でも話題になっておりますし、西の総督殿が、こうして来てくださいました。今回の件は、大変興味をもっておられるようです」

この間、総督は一切話をせず、俺とヤギ商人の会話を聞いていた。

「本部の判断は、今後の指標ともなるべき、重大な決断だったと思います」

はじめて総督が話した。とても穏やかに話す。

聞いていると、安心して身を任せられそうな声音だ。

「こっちとしては嬉しい限りなんですけど……そんなに重大事だったのですか？」

「ええ……種族の保護は最優先課題ではありますが、どこまで協力するか、それには限度があります。今回のように通商圏の財産ともいえる船をすべて貸し出すのは、意見の分かれると

ころでしょう」

たとえ総督や本部が許可したとしても、不満を表明する種族は多く出るだろうとのこと。

そんな話をしながら、会談は終始和やかに進んだ。

意外なことに、西の総督は気さくな人だった。

出世する者は、数多ある種族の中でも突出した能力を持つことが多いという。記憶力に優れたり、直感力に優れたりと。外見から推し量れない種族もあるし、八っちゃんのように複数の手を器用に使ったり、身体能力に優れたりと、外見から一発で分かる者もいる。

にもかかわらず、西の総督はそのどれにも当てはまらない。外見は毛むくじゃらという特徴はあるが、特長ではない。記憶力や計算力などの技能もないという。ではなぜ彼が西の総督たり得たのか。

恐らくそれは、人を信頼させる何かであったのだと思う。

カリスマがある人はいる。人を導き、リーダーとして振る舞って、だれもがそれに従いたくなるような人だ。

だが、総督はそういうのではなく、いつのまにか人が集まる、たとえるなら宿り木のような存在なのだろう。

誰もがそこで羽を休めたくなる、そんな人物といえた。

俺はそんな総督の人柄に触れて、通商圏の本部で針のむしろ的な体験が癒されていくのを感じた。

総督との会談が終わりに近づいた。

俺は総督に租界について、ささやかな希望を伝えることにした。

ささいだが重要なこと。それを総督は快く了承してくれて、俺たちの会談は終了した。

専用の宇宙船で帰っていく総督を見送りながら、俺はヤギ商人に尋ねた。

「もしかして、俺の顔を見に来たとか？」

「分かりましたか？」

今の会談は、とりたてて重要な話をしたわけでもなく、何かを合意したわけでもない。ほんとうにただ話をしに来ただけだった。

「とても腰の低い、気さくな人でしたね」

「ええ。きっと稔殿と直接会って話をしてみたかったのでしょう」

そうヤギ商人は言った。

「俺なんかに会ったって、とくになにかある訳じゃないのに」

「そうでしょうか。……もしかすると次代の総督候補を見ておきたかったのかもしれませんね」

次代の総督候補？　俺が？　まったくヤギ商人は何を言い出すんだろう。

「冗談がうまくなりましたね」

俺はそれだけ言った。

しばらくして、通商圏の本部から通達が来た。十二基の跳躍門を送るというものだった。それぞれの船が個々に来るので、三日後に到着が完了するらしい。

この話を馬吾郎教授に伝えると、使えるように改造する手筈《てはず》はもう整っているとのこと。作業自体は十日もあれば、終わるという。さすがだ。

救出に使う宇宙船の方はどうなっただろう。ちょっと心配になってきた。

フォルムのデザインを龍彦と志乃に任せてある。

龍彦に腕の通信機で問い合わせたら、「ぜんぜん問題なし」との答えが返ってきた。

口調は軽かったが、長い付き合いである。声に疲労の色を感じ取って、突っ込んで聞いてみた。

どうやらふたりとも、相当頑張ったらしい。徹夜でもしたのだろうか。

志乃は、大型設計機器の操作を覚えてからは独壇場だったらしく、龍彦が見た志乃の姿は、鬼気迫るものがあったという。

龍彦は龍彦で、マニピュレータを自在に操り、志乃の作成した設計図を、実際に使えるよう修正を加えていった。

このふたりの合作が完成したのは、つい数日前らしい。

今回の救出作戦のキモになる部分ということもあって、いまは稼働実験を行いつつ、データを採取しているのだという。

実験結果は、まずまずの数値が出ているらしい。

そして最後の段階で役に立ったのが、意外にもヤギ商人の持ってきた新しいコーティング素材だった。コーティングは薄くて丈夫でなければならない。一番外側を保護するのだ。劣化しないようにするのは大変なのだとか。

新素材のこれは、それらをクリアしつつ、剥（は）がれたり、割（さ）けたり、切れたりせず、粒子が細かく、伸縮性に富んでいた。

これを使用することで、救出の成功率が大幅に上がることとなった。

○

サッカーの試合でゴールネットを揺らせても、ネットを突き破ってボールが外へ飛び出すことはない。それは自明の理である。なぜならネットの編み目よりもサッカーボールの方が大きいからだ。そもそもボールを後ろに逃さないためにネットが存在しているのだ。

しかし、野球のボールやピンポン球は、運が良ければネットに引っかかるが、普通は素通りしてしまう。

この場合、編み目が粗いのだから仕方がない。風邪の予防のためにマスクをしている人は、マスクによって風邪のウイルスがブロックされるとは思っていない。一般的なマスクのガーゼは風邪のウイルスを素通りさせてしまうほどに粗い。

ではなぜ、人は風邪予防にマスクをするのだろうか。それは、くしゃみや咳などが原因の飛《ひ》沫《まっ》感染を防止したり、乾いた空気を取り込まないようにするからだ。

宇宙の場合はどうだろう。

理論上、宇宙は内殻と外殻によって完全に閉じられた閉鎖空間である。

たとえ、転移門や跳躍門による移動をなしえたとしても、それは宇宙空間での話であり、内殻や外殻を越えた場所に出られるわけではない。宇宙有史以来、そんな例は一度もない。

ではなぜ、数多ある跳躍方法で、一度も殻を越えたことがなかったのだろうか。

それは、殻があまりに強固であり続けたことが原因である。

宇宙を地球に例えると、対流圏を含めた地球の外、つまり地球の引力の楔《くさび》から抜け出せなかったのに似ている。

内殻は成層圏、外殻はその上の外気圏に相当する。

人が己の力だけでいかに頑張っても、独力で成層圏や外気圏を越えることはできないのと同じ理由で、宇宙の外への道はずっと閉ざされてきた。外殻宇宙論が導入された今でも状況は変わらない。

今までずっと内殻を越える方策がなかったのだ。

だが、地球出身のカールくんの発案によって、ひとつの可能性が示された。内殻は強固な格子のようなもので、がっちりと組み合わさっている。強固な格子と聞かされれば、人は牢屋やフェンス、排水溝の蓋などをイメージするだろう。それはつまり、内と外を隔てる壁であり、見えてもたどり着けない世界を表していた……表しているはずであった。

「だったら、すごく小さい物に分解して通せばいいんじゃないですか？」

壁があり、それを越えようとする者、壊そうとする者、場所を移動してなんとか回避しようとする者はいる。

宇宙に存在する多くの種族は、問題に直面するとそうやって克服してきた。

「すり抜けるのか！」

その手があったかと、教授は膝を打った。

カールくんは、教授の前で卵を立てて見せたのだ。彼が第二のコロンブスとなりえた瞬間である。

それは跳躍門や転位門とはまったく違ったアプローチ。

サッカーボールがだめなら野球のボールを使おう。もし、サッカーの試合での発言ならば、頭を疑われることになるが、物理学の中ではそれは一考に値する。

格子を抜けるほど小さな物体に分解することは可能である。すでにそういう技術は昔から存在していた。

あとはどうやってエネルギーを乗せるかである。人は小石を天に向かって放り投げても、成層圏までは届かせることはできない。できて、十階建ての建物の屋上に乗せるくらいが関の山である。

ここで馬吾郎教授は奮起した。生徒であるカールくんの発想を生かすため、なんとかしようと考えた。

そこでいくつかの実験の結果、小さく分解した粒子にエネルギーを纏《まと》わせることで、格子を抜ける力を付けることに成功した。

光に包まれた物体は、徐々にそのエネルギーを使いながら内殻を抜けていく。建物の十階までしか上がらなかった小石は、まるでロケットのようにして天高く打ち上がっていくのだ。

外殻宇宙論では、内殻と外殻というふたつの殻によって宇宙が囲われていると考えられている。

繭《まゆ》でくるまれたような感じだろうか。まだ誰も見たことがないため、数式による解《かい》からでしか判断できない。

それでも、データが示すものは、この宇宙の性質とまったく違ったものであり、やはり内殻の外はまったくの異質な空間であることが分かる。

この外殻をどうやって越えればいいのか。

そのヒントを出したのはやはりカールくんであった。その発想は門外漢ゆえの柔軟さではなかろうか。第一線で活動している学者たちとはどこか違う。

「この宇宙と違うならば、そこはもう外殻の外側と同じ空間と考えていいですよね」

つまり、外殻の外宇宙、外殻と内殻の間、内殻の内側でこの宇宙という三つの異質な空間が存在しているのではなく、外と中を分けているのは内殻なのではないかというのだ。

同じ空間ならば、跳躍門が使える。そう馬吾郎教授は考えた。

その考え方は正しかった。だが、思った以上に外殻の厚みは存在していた。跳躍門を積んだ軍船では、一度の跳躍で外殻を越えることができない。

外殻と内殻の間に物質は留まることができない。エネルギー準位の関係で、元の場所まで引き戻されてしまう。

それは、重力に逆らって物体を放り投げたときとまったく同じで、そこに新たな力がなければ、かならず地上に引き戻されてしまう。

そこで宇宙の端から端まで跳躍できる専門の宇宙船を使う案が飛び出した。けれど、それですら距離が足らなかった。どれほどの距離があるのだろうか、そう思わずにはいられない。

三基の跳躍門専用の宇宙船から出るエネルギーでは足らなかったが、その倍の六基ならば越えることができると計算結果は示していた。

素晴らしい。だが、本当にそうなのか？　他の要素《ファクター》を考慮して再計算しても、やはり結果は変わらなかった。

つまり六基を使えば、夢にまでみた外宇宙へ飛び出すことができるのだ。

技術的な問題を別にすれば、行きと帰りの分、つまり十二基揃えるのは並大抵のことではないが、それはべつの話。これで行き来に関してだけは目処が立ったことになる。では向こうの宇宙へ行ったあと、どうやって生き残った種族を回収して戻ればいいのか。

完全に向こうの宇宙空間に出てしまえば、同じ手順を踏んで戻ることができる。

こちらから赴くことができたのだから、その反対もまた可能である。大変な作業になるが。

だが、ここで初めて俺は思いついた。

もしかしたらできるかも知れない。そう思って、バクテリオファージの性質のことを馬吾郎教授に話した。

馬吾郎教授もその話を聞いて、かなりの労力が削減できるのではないかと言ってくれた。その概要はこうだ。

バクテリオファージ型の宇宙船を一隻作り、その頭部にあたる部分は向こうで使う六隻の宇宙船を格納する。帰るために跳躍門を展開させる必要があるので、これは欠かせない。

胴体の部分は、向こうの種族が乗れるように空洞にする。空のコンテナと思ってもらえればいい。

六本ある足の部分には、内殻をしっかりと押さえつける作りにしなければならない。エネルギーを失えば、たちまち内殻の内側、つまり宇宙空間に出てしまい、そうすると再び内殻を越えるのは大変難しい。

そしてこの方舟計画の重要な部分、足の付け根にある口に相当する箇所、ここには龍彦と志乃の合作である救出型の宇宙船が詰まっている。

不定形のそれは、ヤギ商人の持ってきた新しいコーティング素材が使われている。使用方法は、バクテリオファージと同様で、六本の足で内殻を掴み、口を近づけて内殻から宇宙空間へ繋げる。できた穴から救出型宇宙船を放出するが、完全に切り離さない。あとで回収しやすくするためだ。

宇宙船にすべての種族が乗り込んだら、バクテリオファージ型宇宙船はそれを回収し、胴体の部分に宇宙船ごと収納する。

すべての準備が終わったら、跳躍門を使って元の宇宙に戻る。

同様に内殻に足をかけ、胴体部分に収納した宇宙船を放出する。

身軽になったところで、外殻を渡るために捨て置いた六基の宇宙船を頭部に回収し、バクテリオファージ型宇宙船は通常空間に戻る。

これが方舟計画の全容だ。うまく行くかどうかは分からない。

多くの時間をかけたわけではないのだ。

だが、後には引けない。宇宙船の関係で二度目はない。さすがに緊張する。

船の改造が完了し、救出船も完成した。その他すべての準備も整ったと思う。もうやり残したことはないはずだ。

この方舟計画はもう、科学者や政治家だけでなく、だれでも情報にアクセスできるようになっていた。

別の宇宙へ飛び立ち、向こうの種族をすべて回収して帰還する壮大な計画だ。

ちなみに、この救出作戦には、無人の宇宙船を使う。

イリンも見送る側だ。本人は助けに行きたいと最後まで主張していたが、もしこの計画が失敗したら、別宇宙の最後のひとりとなるため、危険を冒させる訳にはいかなかった。

イリンが来てから今日までの日数は短いとはいえ、向こうの宇宙が無事であるとは限らない。最悪向こうに行ったらすべてが遅かったということもあり得る。

方舟計画は、始動から帰還まで宇宙空間で行われる。なので、惑星チャンスから通信画面を見ながら成功を祈ることになった。

「カカカカ、壮観だねえ」

リーダーは、居並ぶ様々な種族を見てそう言った。それだけ注目されていることなのだろう。

もうすぐ、宇宙を脱出する光景が見られる……はずだ。

有史以来の快挙となる……はずである。大丈夫だよな。

「それにしても、今日やるって宣伝を一切してないのに、なんでこれだけ集まったんだろ」

「それだけ情報伝達が優れてるんだろうな」

なるほど、そういうのに特化した種族もいるだろう。しかし、まるで壮行会のようだ。

「こんなにも多くの人に注目されて失敗したら目もあてられないな」

行ってお終いではない。ちゃんと帰って来てくれなくては困る。しかもここが重要なのだが、この作戦、行く前に戻ってくる手筈になっている。

難しい話はさておいて、ワープ理論によると、船が完全にワープインする前にワープアウトが完了しているのだという。

行ってくる前に帰ってくるらしい。うん、分からない。なんか、二重に存在していないか？

馬吾郎教授に聞いたが、逆にそうでないと矛盾が生じるのだとか。

今回の場合、向こうの宇宙に完全に出現しないため、ワープと同じ扱いになるのだという。

外殻の外へ行き、まだ戻ってくるまでの時間は、この宇宙では経過してない。しかも、ワープ理論でいけば、完全にワープアウトする前にこの宇宙に顕現する。

だから、帰ってくる方が早いのだという。やっぱり分からない。

うん、世の中には、知らなくていいことがあってもいいと思う。深く考えるのはやめよう。

「おっ、いよいよだな。始まったぜ」

リーダーの声のトーンがあがった。この人は興奮すると、本当に分かりやすい。

安全性を考慮して、現場にはだれひとり赴いていない。すべて遠方から制御することになっていた。

モニター越しに見るだけだが、俺もなんだか興奮してきた。

大砲のようなものから、宇宙船となる粒子が次々と打ち出されていく。

粒子は光に包まれ、巨大なジェットエンジンのような機器に吸い込まれていく。

「いま、内殻を渡っている最中じゃな」

馬吾郎教授が教えてくれた。

「このあと内殻と外殻の間で宇宙船になるんですよね」

「そう。そして向こうの宇宙まで全自動じゃ。さあ、そろそろ最後の粒子が吸い込まれるぞ」

光に包まれた粒子が少なくなり、消えていくかと思われた瞬間、見ていた画面が揺れた。

「うわっ」

思わず叫び声を上げてしまった。

「来たぞ！」

宇宙空間に巨大な丸い歯形のようなものが突然出現し、その中央部分の空間が歪んだ。

「まるで口みたいだ」

「そうじゃな。……ふむ、空間がつながったようだぞ。見てみろ。いまから出てくる」

歪んだ空間の中から、光の粒子が吐き出されてきた。

少し、また少しと、光の粒子は増えていく。

「……キレイだ」

「そうだな」

リーダーが俺の肩に手をおいた。いつしかふたりで、同じ画面を食い入るように見ていた。

放出した光の粒子が徐々に少なくなり、数えられるほどに減っていき、すぐに完全に消え去った。

◆閑話その一　隠者の決意

久遠寺龍彦《くおんじたつひこ》が何気なくつけたテレビに、自分の作品が映っていた。

『ご覧のように、この地に続々と信者が巡礼に訪れています。列の最後尾は、ここよりはるか向こうにあり、いまは見ることは出来ません。内戦の続いたこの地に希望が舞い降り、多くの国民がこの像をひと目見ようと、首都に足を運んでいるのです。この石像を制作した、日本人の若き彫刻家は……』

「……あちゃー、やり過ぎたか」

大行列になった有様を見て、龍彦は頭をかいた。


時は少しだけ遡る。

内戦が勃発したとある国で、反政府軍が勝利をおさめた。

新政府は宗教改革を打ち出し、何千年も前からそこにあった偶像《イコン》の破壊を宣言した。

押し止める国民を銃で脅し、重機と爆弾を使って宗教的な象徴を一気に破壊していく。

それはもうひどい有様だった。

二千年前より存在する石仏や、崖の斜面に彫られた立像、町にある銅像など、人々の暮らしの中に溶け込んだこれらの偶像が、ことごとく破壊されてしまった。

国民は、それを黙って見ているしかなかった。

新政府が倒れ、首都が奪回されたが、そこはもう廃墟以外が存在しない空間だった。

国民の心は、目の前の惨状と同じくらい荒れ果ててしまっている。

精神的支柱を失った国民が絶望し、あらたな偶像を求めた。

人は、どん底に落ちると、すがるものを強く求める。

国の新しい大統領から、龍彦へ直々に依頼があったのは、そんな時だった。

国民がせめて下を向かずに生きていけるように。

その頃、自ら隠者であることを止めた龍彦は、ものすごい勢いで作品を世に送り出していた。

人々に希望を与える石像《スタチュー》製作者として、いま芸術界でもっとも注目を浴びる存在になっていた。

「……いいですよ。作りましょう」

ふたつ返事である。

昔の龍彦を知る者が聞いたら、目をむいて、耳掃除をはじめたに違いない。

龍彦は、どんな理由があろうとも、一見《いちげん》の依頼を受けることは絶対に無かった。

気に入ったものしか作らず、気に入った時だけ放出する。

世を捨て、名を捨て、実益も捨てた若き隠遁者。

それが、彼を知る者の共通認識であった。

「……全体はできた。あとは細部かな」

大統領から依頼を受けて十日後、石像はもう完成しつつあった。

ここからは出来上がりを詳細にイメージし、それと寸分違わないように、実物を仕上げてい
く。

とても根気のいる作業である。集中しなければならない。

そんなとき、腕の通話機が震えた。

「なんだ、こんな時に……ああ、志乃か」

龍彦が出る。直後、通話機から罵詈雑言《ばりぞうごん》が、雪崩のごとく吐き出されてきた。

「ちょ、ちょい待って。志乃、一体どうしたんだよ」

『あんた、ずっと連絡が取れなかったでしょ！　どこで何しているのよ。携帯はどうした
の？』

「携帯？　そういえば、どこだっけ？」

『もうボケちゃったの？』

「いや、集中してたから……探せばあると思うんだけど」

『ふうん、まあいいわ。ねえ、わたしのデザイン事務所を通して、制作依頼が来ているんだけ
ど、断っていいわよね』

「依頼？　どんなの？」

『……あんた、珍しいわね。速攻で断るんだと思っていたのだけど。最近表に出てきたし、心境の変化？」

「そんなとこかな。表に出なかったのは、この才能は好きじゃなかったから。望めば、人の心の有り様を変えてしまうことが、怖くて仕方がなかったからだ」

『そんな悩み、冴姉やミヤ、それに稔に比べたら』

「そうなんだよ。おれが悩むのも馬鹿らしくなるほど、仲間たちはぶっ飛んでいるし、突き抜けているよな。だから楽しかったよ、大学の四年間」

『そうね。わたしも冴姉に出会えて良かったと思っているわ。会社にいたままじゃできない馬鹿なことも、いっぱいやったし』

「稔のせいだよな。アイツ……誰よりも幸運を持っているくせに、とんでもない厄介ごとばかり持ち込んでくるから」

『ホント、星いっこ貰っちゃったって……あの時は開いた口が塞がらなかったわよ』

「その後、いろいろあったじゃん。この前だって、地球の意思の具現みたいな人がいたし」

『冴姉が言っていた、人類に残された時間ってやつよね』

「そう。それで考えたんだ。この力、好きになれなかったし、今までは授業をサボったり、畑の人よけに使ったりしていたけど、本当はこれ、人類のために使うべきなんだって」

『らしくないわね。いつのまに運命論者に転向したのかしら』

「運命？　どちらかと言えば、稔がそれを望んでいるかどうか、だろ。あいつは心優しいから、リーダーみたく、人類を救える者とそれ以外に分けたりできないし」

『そうね』

「だから、この力で人類の滅亡を無くす、もしくは遅らせることができるんじゃないか。そう考えたら、居ても立ってもいられなくなったわけだ」

『へえ、あんたにしては、考えたわね』

「だろ？　このまま争いが少しでもなくなる世界になればいいわけだ。それって、大発見だと思わないか？」

『わたしも気づいて、もうやっているけどね』

「うをっ⁉」

『しかも、世界中にある事務所を使って大々的に』

「なん……だと？」

『世界のＳＨＩＮＯブランドよ。影響力も世界規模。あんたとは違うわ』

「そんな……おれのナイスなアイデアが。先を越されていたなんて」

『そっちなの？』

「ああ、実はちょっとショックだったけど、おれが気づくんだし、志乃が気づくのも当たり前だな」

「ミヤだって、在学中からずっと紛争地域に行っていたじゃない。危ないって何度言っても聞かないし。四年間で結構な数の対立を和解させて、紛争を解決に導いたわよね』

「そういえば、そうだった」

『というわけで、これらはあんたの専売特許じゃないの。それで依頼の話に戻るわね。独裁国家からの要請なのよ。首都の中央に巨大な自分の石像を建てて欲しいんですって。どうする？』

「独裁国家ね。どんな感じの国？」

『一応、大統領制を敷いていて、ちゃんと選挙で選ばれているわよ。選挙の投票率は九十七パーセント。対立候補はなし。で、いつもひとり勝ち』

「公平な選挙なら大したものだけど」

『正直、自分を神格化したいだけの俗物ね。でもこれは、クライアントとしての正式な依頼なの。だから、本人にお伺いを立てたわけ』

「受けるよ。さっきも言ったけど、おれは受ける」

『あんたも変わったわねえ。……じゃ、クライアントにはそう伝えておくわ。どんな石像を造るか、わたしは分かっているけど、楽しみにしているわね』

じゃあねと言い残して、志乃からの通話が切れた。

「どんな石像か……よし、まずはこっちの続きをやるか。これが完成すれば、あの地域のいがみ合いはきっと減る。そしたら、住処を追われる人たちも出なくなるよな」

龍彦は晴れ晴れとした顔で、ノミを振るった。

カツーン、カツーンと、小気味よい音が響く。

◆閑話その二　カールの出会い

カール・長船《おさふね》は十歳の時、はじめて日本の土を踏んだ。

「はわぁー」

子どもの上げる無邪気な声に、両親はくすりと笑った。

家族は空港を出て、モノレールに乗り込む。

どこまでも続く町並みにカールの目は釘付けだった。

「カール、ここはお母さんの故郷だ」

「そうよ、日本が気に入ったかしら？」

ミレニアムを迎えたその年のことである。

カールにとって、日本という国は、新しい千年期を代表するかのように輝いて見えた。

いまだ不況の長い停滞感の中にある日本であったが、イタリアの片田舎で生まれ、そこで十歳まで過ごしたカールにとって、日本は別天地のようだった。

カールが物心ついたころ、父親は市場《メルカート》で野菜を売っていた。

母は日本の人だと教えてもらった。

母はもともと日本の留学生で、種苗《しゅびょう》とイタリア野菜の研究のために来ていたらしい。

市場で働く父と母が知り合い、わずかな交際期間を経て結婚したと、以前から聞かされていた。

その母の故郷である日本の話は、小さな頃よりよく聞かされていたが、実際に目にすると自分の想像力がいかに貧弱だったのかが、よく分かった。

もともと両親が住んでいたのは山の中腹で、かなりの田舎であった。

多種多様な野菜があるイタリアであったが、南と北では植生がかなり違う。

カールの住む南部地方は、比較的多くの野菜の品種が栽培できる反面、経済的発展にやや遅れが目立ち、どちらかといえば、牧歌的な場所が多かった。

そのせいか、カールの幼少時代は自然とともにあったと言える。

そんな穏やかな暮らしに変化が訪れたのが昨年のこと。

ちょうど北部重工業地帯の停滞化と失業率の増加、イタリア経済全体の落ち込みなど、良くないニュースが新聞やテレビで伝えられていた頃だった。

「あなた、わたしの両親が事故で」

その言葉にカールは不安を覚えた。母の表情で分かってしまった。

不安げに母を見上げるカールに、母は「大丈夫よ。怪我をしただけだから」と慰めてくれた。

だが、事態はそう楽観視できたものではなかった。

事故によりカールの祖父は入院、祖母も通院を余儀なくされた。

老夫婦だけの暮らしである。いまは、日常生活にも困っているという。

その話を聞いて父親は「おまえの家族は、俺の家族だ。困ってるなら助ける必要があるだろ?」とあっさりと日本へ渡る決断をした。

この決断が後にカールの運命を大きく変えることになる。

○

日本に移り住んで数年、カールは中学生になっていた。

入院したカールの祖父は、半年以上の入院生活で筋力が衰え、取り戻すのにまる一年間かかった。

母はそんな祖父の介護をし、父は祖父の仕事を継いで八百屋になった。

青い眼をした八百屋の親父。それがカールの自慢の父だった。

もともと市場で野菜を売っていたこともあり、さらに祖父のツテもあった。外人が野菜を売るという物珍しさもあったのだろう。

なんにせよ、商売は順調だった。

カールも父親譲りの亜麻色の髪と、母親譲りの黒い瞳を持つ少年として、ときに注目を浴びながらも、他と変わらない生活を続けていた。

日本では、何年かおきに天文ブームが発生する。

カールのいた学校でもそれは起きた。きっかけはなんだったか覚えてない。

おそらく理科の先生が、国際宇宙ステーションがもうすぐ頭上を通過すると話をしたからかもしれない。

そんなささいな理由だった。

カールのいた中学校では、自然発生的におきた天文ブームに興味をもった生徒が現れ、最初は静かに、のちに学校を巻き込む一大ブームとなった。

カールはイタリアにいた頃から空を見るのが大好きだった。

星座を覚えてからは、窓からいつまでも星空を眺めていられた。

日本に来た時、ガッカリしたことと言えば、見える星の数が少ないということだった。

都会と比べたら十分見ることができたが、カールが以前住んでいた場所に比べれば、周囲が明るく、また空気も濁っていた。

そんなカールを見かねて両親は、カールに天体望遠鏡を買ってくれた。

「技術の国、日本！」

そうカールが叫び出したくなるほどその望遠鏡は優れていた。

そんなカールだったので、中学に上がり、全校生徒を巻き込んだ天文ブームのときには一躍有名人となった。

なにしろ聞けば答えてくれる。

それは理科の先生よりも詳しいのではないかと思えるほどに、天体に関するあらゆることを知っていた。

貴重な機材も持っていて、見たいといえばすぐに見せてくれる。

夜空の星を探すことなど、すでにカールにとっては造作もないことだった。

もちろんブームは去る。時期にして三ヶ月間ほどだろうか。

学校は平静を取り戻した。だが、カールだけは違った。

短い期間だったとはいえ、クラスが、先輩が、みんながカールのことを褒め称え、話を聞きに来た。

その情熱がいっそうカールを天体研究に突き動かした。


時は流れ、大学を卒業する頃になり、カールは現実を知る。

今までずっとのめり込んでいた研究では将来食べていけないと気がついた。

同時に、今まで健康だった父がときおり体調を崩すようになり、カールは研究職を諦めて八百屋を継ぐ決意をした。

別にそのことに後悔はなかった。

大好きな星の研究は、どこでもできる。

そしてある日、カールはあの動画と巡りあう。

「別の惑星?」

惑星チャンス移住局がインターネット上に拡散させた、ひとつの動画だった。

はやる心を抑えて、カールは調べてみた。

調べれば調べるほど、胸の高鳴りはおさまらない。

小出しにされた情報だが、真実と思われるものも多く、インターネット上の感想でも、懐疑的な者は少数派であった。

なにより、カールはイタリアと日本の両方で天体を眺めていたのだ。

映しだされた星空が、カールが知っているどの星座とも一致していないことにも気づいた。

「本当にあるの?」

地球外惑星が? そんなことが本当に?

血が沸騰するかと思うほど、カールは興奮した。

もっと新しいものがないかと、その日から目を皿のようにしてカールは情報を集めた。

惑星チャンス移住局。

そんなふざけた名前の会社がヒットした。

ここに行けば、別の星へ行けるの? まさか、いやもしかすると、そんなせめぎ合いが心を満たした。

「まだ、他の発表はないのか」

じりじりと追加発表を待つ。

時間だけが過ぎてゆき、新たな情報もないまま、一日千秋の思いでカールは待ち続けた。

そしてついに、惑星チャンスへの見学申込がスタートする。

「これだ！」

五分に一度は動向をチェックしていたカールである。

ママゾンの予約販売も生涯最高の速度でもって注文した。

祈るような気持ちで申込書を提出し、本当に自分が覚えている限りの神社仏閣に祈りをささげに回った。

お百度参りを繰り返し、親に止められたりもした。

「どうか、どうか、神様、お願いします。見学者に当選しますように！」

果たして祈りが通じたのか、もともと冊子の販売数が少なかったからなのか、カールは比較的早く、惑星チャンスに行くことができた。

「すごい、すごい、すごい、すごい、すごい、すごい!!」

これが夢にまで見た地球外惑星か！

まさか本当に、自分が生きているうちにこんな僥倖《ぎょうこう》がおとずれるとは。

わずかな時間の見学だったが、十分な満足を得ることができた。

カールは撮ってきた写真や映像を編集し、ニマニマと眺める日が続く。

カールの冷めることのない興奮が続く中、懐かしい人たちから連絡が入った。

中学時代、天文ブームが起きた頃にカールが知り合った人たちである。

彼らは、惑星チャンスの情報を得るとすぐにカールを思い出したという。

「いま何やってるの？」

そう近況を確かめ合ったあと、話題は惑星チャンスのことに移り、カールがすでに見学したと聞くとやっぱりと納得してくれた。

カールは嬉しかった。天文を通して、まだみんな繋がっていると思った。

そしていま日本には、別惑星に行ける手段がある。

惑星チャンスのことを考えると、いてもたってもいられなくなる。

次はいつ行けるのだろうか。そう夢想するだけでカールは幸せになれた。

その後、惑星チャンス移住局が発表するイベントにはすべて参加し、ついには期間限定とはいえ、移住を目的とした長期滞在のメンバーにも選ばれた。

何度、涙で目の前がボヤけたことか。

そして、長期間の研修制度がスタートする。

「これで、向こうで生活できる」

興奮は最高潮に達した。

ちょうど、父が健康を取り戻し、家のことは問題無い。

カールが数年留守にしても大丈夫だろう。

両親も賛成してくれた。宇宙へ行ってこい、そう力強く言ってくれた。

カールは夢想した。

宇宙にはどんな星座があるだろうか。宇宙人はどんな感じだろうかと。

カールの興味は尽きない。

そんなカールが選んだのは、宇宙人とともに働くことではなかった。

新しい技術や知識を学ぶ大学に通う道を選択した。

講師は全員宇宙人で、それぞれが得意な分野を教えてくれるという。

この大学は年齢制限がなかった。

八百屋の息子でも入ることができる。こんな嬉しいことがあるだろうか。

そこで一年間学び、翌年他の星へ飛び立っていくという。

そのための知識と技術を学ぶところであるという。

いわゆる就職予備校のようなものらしい。

そこでカールはゴロと名乗るウル族の講師に出会った。

ゴロ教授は、技術者というより研究者といった感じで、深い知識を惜しげもなくカールに与えてくれる。

授業後、何度も質問に行くたびに色々と他の星のことを話してくれた。

ときどき事務仕事を手伝いながら、ゴロ教授の研究所に通い続けて行くと、見知った人がやってきた。

矢羽根稔という、この星の所有者であり、惑星チャンス移住局の社長でもあるＶＩＰだ。

紹介されて緊張のあまり何を口走ったか覚えていない。

自分はいったい何をしゃべったのだろうか。

一介の学生が、こんな偉い人と接点を持つことはないだろう。

カールはそう考えた。

そんなカールの考えとは裏腹に、事態は思わぬ方向に進行していく。

そのことをカールは、まだ知らない。

◆閑話その三　大商人の過去と今

通話機から流れる声に、ランバ・マイヤーは静かに耳を傾ける。

相手先の人物は緊張しているのか、同じ話を繰り返したり、つっかえたりすることもある。

ランバは、話すがままに任せていた。

長い話だった。要領を得ない部分もあったが、手元の資料があれば、大体の意味は分かる。

不意に通話機が沈黙した。話が終わったのである。

「エフディエリットよ」

『はい、ランバ様。なにか、ご質問でもございましたでしょうか』

「いや、そうではない。……その方舟計画だが、無理が過ぎるのではないか」

エフディエリット・メイスン。つまり、ヤギ商人はそれに答えた。

『ご懸念はごもっともでございます。ですがわたくしは、大丈夫だと愚考しております』

全幅の信頼を声に乗せてヤギ商人は答えた。

「そうか、分かった。他になにかあるか？」

『いえ、以上になります』

「近々、通商圏の評議員より呼び出しがある」

『なんと。では、すぐに稔殿に知らせねば』

「いや、それには及ばない」

『ですが……いえ、差し出がましいことを申しました。そのように致します。では、わたくしめは、これにて』

「うむ」

通話が切れた。

宇宙のいたるところで商売を展開している大商人ランバである。

この度の件について、ほぼ正確に情報を集め終わっていた。

なにしろ商人は信頼と情報が命である。

科学者や政治家限定とはいえ、公開されている情報を手に入れるのは、ランバにとって、容易いことであった。

まして、過去に自分の窮地《きゅうち》を救ってくれた商人が関わっているのである。

かなり早い段階から、情報を掴んでいたと言っていい。

「跳躍門《ジャンプゲート》専用の宇宙船か。大胆なことを考える」

どの種族とて、宇宙の端から端まで一瞬で移動できるような設備は、欲しいに決まっている。

だが、跳躍門を造るには、跳躍金属《ジャンプメタル》と呼ばれる稀少金属が必要で、それは採取機材を持っていたとしても、容易いものではない。

そしてランバには、この跳躍金属に、苦い思い出があった。

「……これもまた、運命であろうか」

ランバはしみじみと述懐する。

かつて、商売敵から罠にはめられ、短期間で跳躍金属を納入しなければならなくなったことがあった。

跳躍金属はあまりに稀少すぎて、市場に出まわらない。出ても、小指の先ほど、コンマ数グラム以下のものしかないのが常識だった。

もし期日までに揃えられなければ、違約金が発生するがすでに入手は終っているはずだった。信頼していた者からの偽りの報告で騙《だま》されていなければ。

もはや万事休すである。違約金はランバがこれまで貯めた全財産でも、賄いきれる額ではなかった。

首をくくるしかない。

それだけで済めばまだよい。数万人もいるランバの元で働く者たちにも被害が及ぶ。残された彼らが気がかりであった。

「ならば、最後まであがくか」

期日までに間に合う星域に限定して、ランバは跳躍金属の公開募集をかけた。

こんなもので集まったら苦労はない。

そう思うものの、他にもう打てる手はなかった。

ランバは身辺の整理をはじめた。旧知の仲間に後を託す手紙を書いていたところ、新進気鋭の若い商人から連絡が入った。

手持ちがあるので売ってもよいという。

「あれが出会いであったな」

売出し中の商人はエフディエリット・メイスンと名乗った。

彼は、「いまわたくしが持っていても宝の持ち腐れですから」と言って、気前よく渡してくれた。

一生に一度、手にできるかすら運次第である。

それほど跳躍金属は稀少なものだ。

持っていく場所を選べば、星系を統べる大帝国の貴族にも列せられるものである。

あのときランバは心の底から感謝したが、プライドが邪魔をして、満足に礼を言うこともできなかった。

あれだけの危機を救ってもらったのにと、悔いだけが残った。

時は巡り、不意に思い出して、あの時の若き商人を調べてみた。

駆け出しだった彼は、いっぱしの宇宙商人《スペーストレーダー》になっていた。

そんな彼がかかわったのが惑星チャンスで、そこでまたもや大規模な問題が持ち上がったのだ。

大騒動がランバの耳に入らない訳がない。

「ミグゥ・ディブロ族の時もそうだったな」

集めた情報を解読してランバは驚いた。

宇宙最凶の一族が壊滅したのは喜ぶべきことだったが、一歩間違えば、壊滅していたのは宇宙の方である。

奴らが王冠《スイートクラウン》を戴く種族の狂った個体を使って、宇宙の消滅と再構成を企んでいたとは。

ミグゥ・ディブロ族壊滅にかかわった、地球出身の者たちの存在。そして裏で彼らと他の種族の仲を繋いだエフディエリットの存在。

ランバはあらためて、彼らに注目した。

今回、通話機でエフディエリットと話をしたのは、部下が集めた情報の裏を取ったに過ぎない。

同時に迷っていることもあった。

自分はいかに動けば良いのかと。

「……もしかすると、これもまた、運命なのか」

跳躍金属で痛い目を見たランバは、それ以降もずっと跳躍金属を集めることを欠かさなかった。有り余る資金がそれを可能にした。

宇宙空間に存在し、よほど偶然が重ならないかぎり得ることができない、超稀少な金属。

なぜかランバは、それをことごとく見つけることに成功した。

まるで、運命に弄《もてあそ》ばれているかのように、自分だけが手にしている。

過去の苦い思い出から、どこへも売ることができなかった。

跳躍金属は、人知れず、ランバの元で貯まり続けていった。

これまでの交易と採取で集めた質量は、およそ三キログラム。

通常、三キログラムを集めるのに、どの位かかるであろうか。おそらく、数億人が数万年かければ、なんとか集まるだろうか。

これだけの分量を自分ひとりで集めたと言っても、だれも信じてくれないに違いない。それくらいありえない分量である。

ランバは、先ほどの通信内容について吟味した。

――跳躍門専用の宇宙船を十二基確保し、六基は使い捨てにする。

正気を疑う運用の仕方であった。

にもかかわらず、北と南と西の総督は賛成しているという。

別宇宙のこととはいえ、種族が消滅するのは悲しいことだ。

助けたいのも分かる。

たかが宇宙船と宇宙の種族すべてを天秤にかけたら、どっちが重いのか、一目瞭然である。

だが、六基もの宇宙船があれば、今後失われる命がどれだけ減らせるか。

どれほどの発展に寄与できるのか。

そして最大の問題。

「成功率は決して高くないはずだったが」

通商圏は、合理性を重んじる。

おそらく、要請は否決されるだろう。総督の三人がいかに推したとして、成功率の低い実験のような試みに、貴重な宇宙船を使わせることはないだろう。

だが、しかしである。

「六基分の跳躍金属がここにある」

なぜであろうか。まるで計ったかのように、ピッタリ揃っている。

これを使えば、宇宙船が六基造ることができる。

ランバは商人であり、自分が信じられるものしか信じない。

商人にしては珍しく、クレジットに重きをおいていない。信じる宗教も、当然ながらない。

こんなランバが信じられるものは、本当に少なかった。

運命だとか口に出したが、そんなものは欠片も信じられるものではない。

だが……。

「一口、乗ってみるか」

かつで自分の窮地を救ってくれた商人が信じているもの、それならば信じられる。

ミグゥ・ディブロ族の企みを潰し、一度は宇宙を救っている。

信じるもののためなら、たった三キログラムの金属くらい、惜しくもなんともない。

そう考えたら、すっと頭の中が晴れたような気がした。

「ふむ。方針は決まったとして……このカードを切るには、もっとも効果的な場面がよいだろうな」

ランバはそう独りごちると、知り合いの評議員へ連絡を入れた。

「私だ。少々頼みたいことがあるのだが……」

それは、矢羽根稔が通商圏の本部に召喚される、三日前のことであった。

◆閑話その四　宇宙を渡る船

多くの種族が見守る中、キラキラと光る粒子は、巨大な噴出装置の中に吸い込まれていった。

この巨大なジェットエンジンのような機器は、光の粒子となった救出型宇宙船を打ち出す装置。吸い込まれていった粒子は、リング状の中を通り、加速する。

加速が限界点に達すると、徐々に空間の抵抗力に押し戻され、本来ならばそこで減速する。

だが、光に包まれた粒子はその影響下から脱し、網の目のようになっている空間の隙間から、その存在を消した。

内殻を渡ったのである。

次々と、光をまとった粒子が消えていく。

まばゆいばかりの光が徐々に陰り、残った光の粒子が少なくなっていく。

そして、すべての光が消え去る前に、宇宙空間に巨大な歯が出現した。

巨大な歯である。これは、たったいま消えようとしていく光の粒子が、内殻を越えて具現化するはずだった宇宙船である。

いまだ光の残滓《ざんし》がある中で、帰還が果たされたのだ。

見えたのは、救出型宇宙船の胴体部分。その先端である。

あれが出現した時点で、往復の旅をしてきたことは確定した。そのようにプログラムされているのだから。

あとは、宇宙船が出現するのを待てばよい。

回収したその宇宙船にイリンの宇宙にいた種族が乗っているかどうかは分からない。

歯が円形に並び、その中心の空間が歪む。

いま内殻にあるバクテリオファージ型宇宙船の内部と、この宇宙が繋がった。

○

内殻を渡った粒子は、決められた法則にのっとり、ひとつのところに集まっていく。

可逆変化の宇宙船。

これは、入口の小さな場所に大きな物を入れる技術として一般的に浸透しているものの応用である。

粒子はやがて結束し、本来の姿を取り戻しはじめる。

はじめは小さな塊であったそれが、徐々に形をなしはじめ、ついには巨大なひとつの宇宙船と、変貌をとげていく。救出型宇宙船は、内殻を越えて、しっかりと姿を取り戻した。

見るものがだれもいないこの空間で、宇宙船が動き出す。

動力が入れられ、周囲のデータを収集、解析する。

安全と分かると、宇宙船の頭頂部が開き、六基の小さな宇宙船が出現した。

この六基は決まった間隔で並び、ついには円を描くように移動した。巨大な宇宙船は、その中心部に座し、静かに時を待つ。

やがて準備が整ったのか、六つからなる宇宙船から発した光は、まるで自らの意志があるかのように動く。互いの光が絡まって、ひとつの光の束となる。その中心から徐々に空間が現れ、広がってゆく。

今までただ静かに佇んでいた巨大な宇宙船は、緩やかに加速し、現れた空間に向かって進んでいく。

その宇宙船がブレる。

一瞬で加速したかのように、その姿がかき消えた。跳躍したのである。

宇宙船は、まだ誰も見たことのない空間を進み、目当てのものを見つける。

六つの足が開き、ガシッと空間を踏みしめた。

宇宙船の震動が収まると、頭部が開き、六隻の宇宙船が出現した。

同時に、下部中央にある巨大な口が何かを囓《かじ》りとるように打ち下ろされ、しばらく後、その口から宇宙船となるものが吐き出されていった。

その物体は形を変え、四方に大きく伸びていく。

それはまるで羽を広げた妖精のような形をしていた。

イリンに似ている……いや、正確には似ていない。

ただ、イリンを知っている者ならば、その形から連想させることは充分可能であっただろう。

変形し終えた宇宙船は、全方位に光、磁力波、電波、放射線、震動波など、あらゆるものを放出した。

呼びかけである。

それはまるでイリンが会話しているのと同じように……瞬いた。

あとがき

ＰＰＡＰと聞いて、ＰＣ互換機しか思い浮かびませんでした。

はじめまして＆お久しぶりの茂木でございます。

ようやく『新・星をひとつ貰っちゃったので、なんとかやってみる』第1巻をみなさまに届けすることができてホッとしています。

本巻の発売日はなんと12月24日！　クリスマス・イブです。

きっと今頃、恋人へのプレゼントとして本巻が飛び交っていることでしょう。

贈り物に最適ですね！


これは『星をひとつ貰っちゃったので、なんとかやってみる』（全4巻）の続編になります。

お話的には宇宙編ですね。

タイトルに点がないと「新星をひとつ」になってしまいますし、あいだに☆を入れると「◯のだ☆ひろ」みたいです。どうでもいいですけど。

前作も含めてですが、本作は「小説家になろう」にて2012年頃から連載していたものの書籍化作品になります。

A4コピー用紙1枚に登場人物、プロット、エンディングを書き散らし、「エンディングまで30万字くらいかな、よし投稿だ！」とばかりに見切り発車したものだったりします。

連載中、なぜか多くの読者の方から好評をいただきました。

そこで後半のエピソードをバッサリ削除して、本作のスタート部分である「森の幽霊編」を開始しました。

よってこの巻からでも内容が分かるようになっていますが、もし前作を未読でしたら一読していただけるとより楽しめると思います。

また、表紙を見て驚かれた方がいるかもしれませんが、今回からイラストレーターさんが珂《か》弐之《にの》ニカさんに変わりました。

掲載されているのは秀麗なイラストばかりです。人間以外のイラストも素晴らしいです。

ぜひ堪能くださいませ。ニカさんありがとうございます。

さて、少しは本編の内容に触れないと……ということで、別宇宙に行く話など少し。

「なろう」の連載当時、どうやって別の宇宙に行かせるか、その方法に悩みました。

通常のワープ理論は位相航路というものを創作して使いましたが、もちろんそれでは別宇宙にまで行けません。

とにかく質量の問題、エネルギーの問題が重くのしかかってきます。

原子核と電子の関係、そこのエネルギー準位を参考に理論を固めていき、少しずつ問題はクリアしていきました。外殻宇宙理論です。

そして別宇宙への跳躍理論です。

連載中、悩みました。小説の方法でちゃんと行けるのか（あくまで小説上でです）、どういう現象になるのか。どう科学的に考察したらいいんだろうかと。既存の公式から何とかならないかと、いろいろ数式をこねくり回して理論武装を始めたのです。

これでも国立大の数学科卒（もうかなり前）。なんとかできるとばかりに、質量を小さくして速度は光速を越えるという設定で……平方根の中がマイナスになるな。虚数もありで……とやっていると、理論上どうしても時間がわずかなマイナスになるんですね。

なぜだろう、まあいいかと小説に反映させたのが今回のラストです。

おそらく「出かける前に帰ってくる」結果になるんじゃないかなと思います。合っているかどうかは分かりません。

いつか、別宇宙へ行く日が来たら、証明されることでしょう。（マテ）

連載中はだれにも突っ込まれませんでしたけど、なにか問題がありそうでしたら、公式サイトの方からこっそり教えてください。
それでは紙面も尽きるようですので、みなさまと2巻でお会いできれば幸いです。

星をひとつ貰っちゃったので、なんとかやってみる
絶賛発売中

NMG文庫

新・星をひとつ貰っちゃったので、なんとかやってみる1

茂木 鈴

2017年1月24日 初版発行

発行人　長嶋うつぎ

発行所　株式会社オークラ出版
〒153-0051　東京都目黒区上目黒1-18-6 NMビル3F
［営業］電話：03-3792-2411／FAX：03-3793-7048
［編集］電話：03-3793-6756／FAX：03-5722-7626
郵便振替 00170-7-581612(加入者名：オークランド)

編　集　庄 智寛

装　丁　竜口智圭（タツグチ デザイン事務所）

本文DTP　大前 進

印刷・製本所　株式会社 光邦

ISBN978-4-7755-2627-9